KB068020

오즈의 마법사

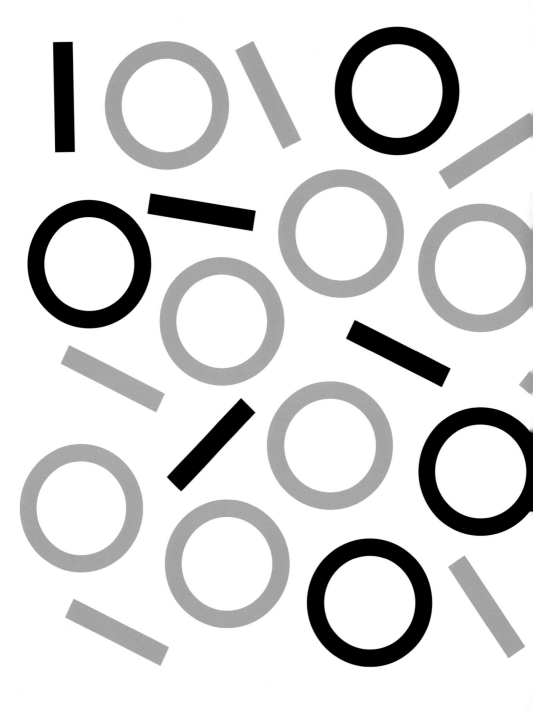

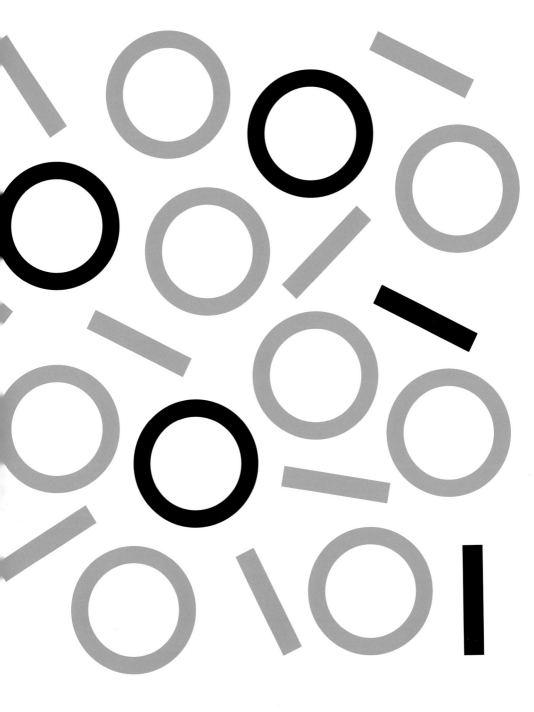

The Wonderful Wizard of OZ

오즈의 마법사

L. 프랭크 바움 지음

올림피아 자그놀리 그림

윤영 옮김

민담, 전설, 신화, 동화는 여러 시대에 걸쳐 어린이들을 따라다닌다. 모든 건강한 아이들은 환상적이고, 놀라우며, 명백히 비현실적인 것들에 대해 건전하고 본능적인 사랑을 품고 있기 때문이다. 그림 형제와 안데르센의 날개 달린 요정들은 다른 그 어떤 인간 창작물보다도 어린아이들의 마음에 행복을 가져다주었다. 그러나 세대를 이어 활약해온 옛날 동화들은 이제 어린이도서관에서 '역사'로 분류되어 있을지도 모른다. '놀라운 이야기'들이 새롭게 만들어지고 있는 시대가 왔기 때문이다. 정형화된 정령, 난쟁이, 요정은 사라졌다. 그리고 각각의 이야기에 무시무시한 교훈을 담고 싶었던 작가들이 고안해낸 끔찍하고 소름 끼치는 사건도 없어졌다. 현대의 교육에는 교훈이 포함된다. 그러므로 현대의 어린이들은 놀라운 이야기 속에서 단순히 즐거움만 추구할 뿐, 유쾌하지 못한 사건은 기꺼이 생략해버린다. 이런 생각을 가슴에 품고, 오늘날의 어린이들을 오로지 즐겁게 해줄 생각으로 '오즈의 마법사'라는 이야기를 썼다. 이 책이 경이로움과 즐거움은 남아 있으나 아픈 가슴과 악몽은 사라져버린 현대화된 동화가 되기를 염원한다.

1900년 4월 시카고에서
L. 프랭크 바움

차례

추천의 말

Chapter 1

회오리바람

도로시는 농부인 헨리 삼촌, 엠 숙모와 함께 캔자스 대평원 한가운데에서 살았다. 그들의 집은 조그마했다. 집을 지으려면 멀리 떨어진 곳에서 마차로 목재를 싣고 와야 했기 때문이다. 네 개의 벽에 바닥과 지붕을 더하여 한 칸짜리 방이 만들어졌다. 그 방에는 녹슨 요리용 스토브, 그릇을 보관하는 찬장, 탁자, 의자 서너 개, 그리고 침대가 있었다. 헨리 삼촌과 엠 숙모는 한쪽 구석에 있는 큰 침대를 썼고, 도로시는 다른 쪽 구석에 있는 작은 침대를 썼다. 다락방도 지하 저장실도 없었지만, 바닥에 '회오리바람 대피소'라 불리는 작은 구덩이가 있었다. 지나가는 길목에 있는 모든 건물을 부서뜨릴 정도로 강력한 회오리바람이 불 것을 대비해 가족들이 숨을 곳을 마련한 것이다. 바닥 한가운데에 있는 작은 문을 연 뒤 사다리를 타고 내려가면 좁고 어두운 구덩이로 들어갈 수 있었다.

문간에 서서 주위를 둘러보면 사방으로 드넓은 회색빛 대평원밖에 보이지 않았다. 어느 방향을 보아도 넓게 펼쳐진 평원이 하늘과 맞닿아 있을 뿐 나무 한 그루, 집 한 채 보이지 않았다. 태양이 경작지를 뜨겁게 달구어 군데군데 금이 가 있는 회색 땅덩어리로 만들어버렸다. 풀도 초록색이 아니었다. 태양이 기다란 풀잎 끝을 지글지글 태워서 땅과 똑같은 회색빛으로 만들어버렸기 때문이다. 집은 한때 페인트칠이 되어 있었지만 햇볕에 표면이 부풀어 터지고 비에 씻겨나가는 바람에, 지금은 다른 모든 곳과 마찬가지로 칙칙한 회색이었다.

이곳에 살러 왔을 때만 해도 엠 숙모는 젊고 예뻤다. 하지만 태양과 바람이 숙모마저 바꾸어놓았다. 태양과 바람은 숙모 눈의 생기를 앗아갔고 냉정한 회색빛만 남겨놓았다. 숙모의 붉은 뺨과 입술도 회색으로 만들어놓았다. 숙모는 마르고 수척했으며 결코 웃는 법이 없었다. 고아였던 도로시가 처음으로 이곳에 왔을 때, 엠 숙모는 이 어린아이의 웃음소리에 너무나 놀라고 말았다. 도로시의 명랑한 목소리가 들릴 때마다 엠 숙모는 두 손을 가슴에 얹고 비명을 질렀다. 그리고 스스로 웃을 만한 일을 찾아낼 줄 아는 이 어린아이를 신기한 듯 계속 바라보았다.

헨리 삼촌도 절대 웃지 않았다. 그는 아침부터 밤까지 힘들게 일했고 즐거움이 뭔지를 몰랐다. 그 역시 긴 수염부터 변변찮은 부츠까지 모두 회색빛이었다. 그는 단호하고 근엄해 보였으며, 거의 말이 없었다.

도로시를 웃게 해주는 건 토토였다. 도로시가 주변의 모든 것처럼 회색빛으로 자라는 것을 막아준 것도 토토였다. 토토는 회색이 아니었다. 작고 까만 이 강아지는 털이 부드럽고 길었으며, 귀엽게 생긴 조그만 코 양쪽으로 작고 까만 눈이 명랑하게 반짝였다. 토토는 온종일 장난을 쳤고, 도로시는 토토와 함께 놀며 토토를 몹시도 사랑했다.

하지만 오늘 그들은 놀고 있지 않았다. 헨리 삼촌은 문간에 앉아 평소보다 훨씬 더 회색빛인 하늘을 초조하게 올려다보았다. 도로시 역시 토토를 안고 문 앞에 서서 하늘을 바라보았다. 엠 숙모는 설거지를 하고 있었다.

저 멀리 북쪽에서 낮게 울부짖는 바람 소리가 들려왔다. 헨리 삼촌과 도로시는 다가오는 폭풍우 앞에서 물결치는 기다란 풀들을 볼 수 있었다. 이제 남쪽에서 불어오는 바람 속에서도 날카로운 휘파람 소리가 들려왔다. 남쪽으로 눈길을 돌리자 그쪽 방향에서도 물결치는 풀들을 확인할 수 있었다.

갑자기 헨리 삼촌이 벌떡 일어났다.

삼촌이 숙모에게 말했다.

"회오리바람이 다가오고 있소. 가축들을 살펴보러 가봐야겠소."

그러더니 삼촌은 젖소와 말들이 있는 헛간으로 달려갔다.

엠 숙모는 하던 일을 멈추고 문 쪽으로 왔다. 그녀는 한눈에 위험이 닥쳤음을 알아챘다.

"서둘러, 도로시! 지하실로 달려가!"

숙모가 소리쳤다.

놀란 토토가 도로시의 품에서 빠져나가 침대 밑에 숨어버렸고, 도로시는 토토를 잡으러 쫓아갔다. 심하게 겁을 먹은 엠 숙모는 바닥에 있는 작은 문을 벌컥 열고 좁고 어두운 구덩이를 향해 사다리를 타고 내려가기 시작했다. 마침내 토토를 붙잡은 도로시 역시 숙모를 따라갔다. 그런데 도로시가 방을 반쯤 가로질렀을 때, 찢어지는 듯한 바람 소리가 들리더니 집이 미친 듯이 흔들리기 시작했다. 도로시는 발을 헛디디고 바닥에 주저앉고 말았다.

그때 이상한 일이 벌어졌다.

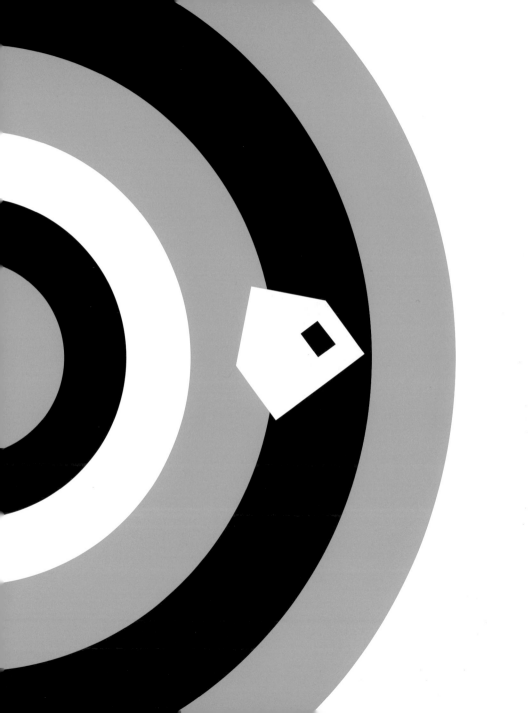

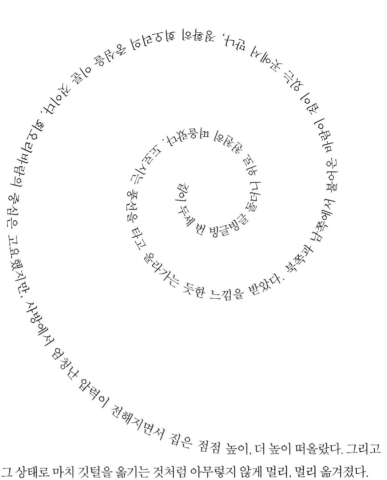

집이 두세 번 빙글빙글 돌며 집이 선을 타고 올라가는 듯한 느낌을 받았다. 북쪽과 남쪽에서 불어오는 바람이 바로 이곳에서 만나는 정확한 중심이었다. 회오리의 한가운데는 고요했지만, 사방에서 엄청난 압력이 전해지면서 집은 점점 높이, 더 높이 떠올랐다. 그리고 집은 그 상태로 마치 깃털을 옮기는 것처럼 아무렇지 않게 멀리, 멀리 옮겨졌다.

무척 어두웠다. 주변에선 무섭도록 바람 소리가 들려왔다. 하지만 도로시는 꽤나 편안하게 바람을 타고 있었다. 처음에 몇 번 집이 빙글빙글 돌고, 또 심하게 기울어진 걸 제외하고는 마치 요람 속 아기처럼 부드럽게 흔들리는 느낌이었다.

토토는 이 상황이 마음에 들지 않는지 방 이곳저곳을 뛰어다니며 심하게 짖어댔다. 하지만 도로시는 바닥에 조용히 앉아 무슨 일이 일어날지 기다렸다.

한번은 토토가 열린 문에 너무 가까이 다가갔다가 그 밑으로 빠지기도 했다. 순간 도로시는 토토를 잃어버린 줄 알았다. 하지만 곧바로 구멍 위로 삐죽 튀어나온 토토의 귀 한쪽을 보았다. 엄청난 공기의 압력이 토토가 추락하지 않게 받쳐주고 있었던 것이다. 도로시는 구멍 쪽으로 기어가 토토의 귀를 잡고 끌어당긴 뒤, 더 이상 사고가 생기지 않게 작은 문을 닫아버렸다.

그대로 몇 시간이 흐르자, 도로시도 슬슬 두려움을 극복할 수 있었다. 물론 상당히 외로웠고 주변의 바람 소리가 너무 시끄러워 귀가 먹을 것 같았지만. 처음에 도로시는 이 집이 아래로 추락하면 산산조각이 나지 않을까 걱정했다. 하지만 몇 시간이 흐르도록 끔찍한 일이 벌어지지 않자 걱정을 거두고 앞으로 무슨 일이 펼쳐질지 차분히 기다려보기로 마음먹었다. 마침내 도로시는 흔들리는 바닥을 기어 침대로 자리를 옮긴 뒤 그 위에 드러누웠다. 토토도 따라와 도로시 옆에 누웠다.

집이 흔들리고 바람이 울부짖는데도 도로시는 곧바로 눈을 감고 깊은 잠에 빠져버렸다.

Chapter 2

먼치킨과의
회의

도로시는 충격을 받고 잠에서 깼다. 너무 갑작스럽고 심한 충격이어서 푹신한 침대에 누워 있지 않았다면 다쳤을 수도 있었다. 도로시는 숨을 죽이고 무슨 일이 일어났는지 궁금해했다. 토토는 차가운 코를 도로시의 얼굴에 갖다 대고 불쌍하게 낑낑거렸다. 일어나 앉은 도로시는 집이 더 이상 움직이지 않는다는 걸 깨달았다. 창문으로 들어온 밝은 햇빛이 방을 가득 채워 캄캄하지도 않았다. 침대에서 홀쩍 뛰어내린 도로시는 토토와 함께 달려가 문을 벌컥 열었다.

어린 소녀는 놀라움에 소리를 지르고는 주위를 둘러보았다. 눈앞의 경이로운 광경에 도로시의 눈이 점점 더 휘둥그레졌다.

회오리바람이, 회오리바람치고는 매우 조심스럽게 도로시의 집을 놀랍도록 아름다운 나라 한가운데로 옮겨놓은 것이었다. 그곳엔 온통 초록 풀밭이 펼쳐져 있고, 우람한 나무에는 향기 좋고 감미로운 과일이 열려 있었다. 사방에 멋들어진 꽃밭이 보이고, 빛나는 깃털의 진귀한 새들이 나무와 덤불에서 날개를 파닥이며 노래를 불렀다. 조금 떨어진 곳에는 초록빛 둑 사이를 반짝이며 흐르는 작은 시냇물이 있었다. 오랫동안 건조한 회색빛 들판에서 살아온 소녀에게는 속삭이듯 졸졸 흐르는 물소리가 너무나 고맙게 느껴졌다.

도로시가 신기하고도 아름다운 광경을 열심히 보고 있는 사이, 지금껏 본 적 없는 기이한 사람들이 그녀를 향해 다가오고 있었다. 그들은 도로시가 늘 보아온

어른들만큼 크지 않았지만, 그렇다고 아주 작지도 않았다. 솔직히 또래에 비해 큰 편인 도로시와 키가 비슷해 보였다. 물론 겉모습으로 판단하건대 도로시보다 나이는 훨씬 많은 것 같았지만 말이다.

세 명은 남자이고 한 명은 여자였는데, 모두 이상하게 차려입고 있었다. 그들은 뾰족한 끝이 머리 위로 30센티미터 정도 솟아오른 둥근 모자를 쓰고 있었는데, 모자 테두리를 따라 작은 종이 달려 있어서 움직일 때마다 딸랑딸랑 예쁜 소리가 났다. 남자들의 모자는 파란색이고 조그만 여자의 모자는 흰색이었으며, 여자는 어깨에서부터 주름이 늘어진 하얀 가운을 입고 있었다. 작은 별이 흩뿌려진 가운은 햇빛 아래에서 다이아몬드처럼 반짝였다. 남자들은 모자와 같은 색인 파란 옷을 입었고, 위쪽에 파란 소용돌이 무늬가 있는 파란 부츠를 신고 있었다. 도로시가 보기에 수염이 난 남자 둘은 헨리 삼촌과 비슷한 나이일 것 같았다. 하지만 조그만 여자는 의심할 여지 없이 훨씬 늙어 보였다. 여자의 얼굴엔 주름이 자글자글하고 머리카락은 거의 백발이었으며, 걷는 모습도 조금 뻣뻣했다.

이 사람들은 도로시가 서 있는 문간 근처까지 다가오더니, 더 가까이 오기엔 겁이 나는지 그대로 멈춰 서서 자기들끼리 소곤거렸다. 그러다 조그만 노파가 도로시에 게 걸어와 머리 숙여 인사를 하더니 상냥한 목소리로 말했다.

"가장 고귀한 마법사여, 먼치킨의 나라에 오신 것을 환영합니다. 사악한 동쪽 마녀를 죽이고 우리를 속박으로부터 자유롭게 해주셔서 너무 감사합니다."

28

도로시는 어리둥절해하며 여자의 이야기를 들었다. 왜 이 노파는 도로시를 마법사라고 부르는 걸까? 그리고 왜 도로시가 사악한 동쪽 마녀를 죽였다고 하는 걸까? 도로시는 회오리바람을 타고 집에서부터 멀리 떨어진 곳에 와버린, 아무런 잘못도 악의도 없는 어린 소녀였다. 그리고 평생 그 누구도 죽인 적이 없었다.

하지만 노파가 도로시의 대답을 간절히 바라고 있었기에, 도로시는 망설이다 이렇게 대답했다.

"참 친절하시네요. 하지만 뭔가 오해가 있는 게 분명해요. 저는 그 누구도 죽인 적이 없답니다."

조그만 노파가 웃으며 대답했다.

"당신 집이 죽이긴 했죠. 하지만 어차피 마찬가지죠. 보세요!"

노파가 집 귀퉁이를 가리켰다.

"저기 나무 기둥 아래에 삐죽 솟아 있는 두 발이 보이잖아요."

도로시는 그걸 보고 놀라서 살짝 소리를 질렀다. 정말로 집을 떠받들고 있는 거대한 기둥 구석 아래에, 뾰족한 은색 구두를 신은 발 두 개가 삐죽 튀어나와 있었다.

도로시는 너무 놀라 두 손을 맞잡고 소리쳤다.

"어머, 세상에! 어머, 세상에! 집이 저 사람 위로 떨어졌나 봐요. 제가 어떻게 해야 하죠?"

"아무것도 할 것 없어요."

노파가 차분하게 대답했다.

"저 여자가 누군데요?"

도로시가 물었다.

"아까도 말했듯이 사악한 동쪽 마녀죠. 이 마녀는 수년간 모든 먼치킨을 속박하고, 밤낮으로 노예로 부렸어요. 이제 먼치킨은 모두 자유의 몸이 되었죠. 그래서 당신에게 감사하다는 거예요."

"먼치킨이 누군데요?"

도로시가 질문했다.

"사악한 마녀가 다스리던 동쪽 땅에 사는 사람들이죠."

"당신도 먼치킨인가요?"

도로시가 물었다.

"아니요. 하지만 난 그들의 친구입니다. 북쪽 땅에 살고 있죠. 동쪽 마녀가 죽은 걸 보고 먼치킨들이 나에게 전령을 보냈기에 급히 와보았죠. 난 북쪽 마녀거든요."

"어머나, 진짜 마녀라고요?"

"네, 맞아요. 하지만 나는 착한 마녀라서 사람들이 나를 좋아하죠. 난 이곳을 다스렸던 사악한 마녀만큼 힘이 세지 않아요. 만약 그랬다면 이 사람들을 내 손으로 풀어줬겠죠."

"하지만 저는 마녀라면 모두 사악한 줄 알았어요."

도로시는 진짜 마녀와 마주하고 있다는 사실에 살짝 겁을 먹고 말했다.

"오, 그건 크나큰 오해입니다. 오즈의 땅에는 마녀가 겨우 네 명밖에 없어요. 북쪽과 남쪽에 사는 둘은 착한 마녀죠. 이건 사실이에요. 왜냐하면 내가 그중 하나이고 내가 틀렸을 리는 없으니까요. 동쪽과 서쪽에 사는 마녀는 사실 사악한 마녀였어요. 하지만 당신이 그중 한 명을 죽였으니, 이제 오즈엔 사악한 마녀가 딱 한 명 남았네요. 바로 서쪽에 사는 마녀 말이죠."

도로시가 잠시 생각한 뒤 말했다.

"하지만 엠 숙모가 마녀는 옛날 옛적에 다 죽었다고 말했어요."

"엠 숙모가 누구죠?"

조그만 노파가 질문했다.

"캔자스에 살고 있는 제 숙모예요."

북쪽 마녀는 머리를 숙이고 땅을 보면서 잠시 생각에 잠긴 것 같았다. 그러더니 고개를 들어 말했다.

"캔자스가 어디에 있는지는 모르겠네요. 한 번도 들어본 적이 없는 곳이라. 하지만 문명화된 곳이겠죠?"

"아, 그럼요."

도로시가 대답했다.

"그럼 이해가 되네요. 문명화된 곳에는 마녀도, 마법사도, 마술사도 남아 있지 않다고 알고 있거든요. 하지만 보시다시피 오즈의 나라는 전혀 문명화되어 있지 않아요. 우린 다른 세상과 단절되어 살아가거든요. 그러니까 우리 중에 아직 마녀도 있고 마법사도 있는 거랍니다."

"마법사는 누군가요?"

도로시가 물었다.

"오즈가 바로 위대한 마법사랍니다."

마녀는 갑자기 목소리를 확 낮춰서 이렇게 말했다.

"그는 우리 모두를 다 합친 것보다 훨씬 더 강력하지요. 그리고 에메랄드 시에 살고 있어요."

도로시가 다른 질문을 하려는 그때, 옆에 조용히 서 있던 먼치킨들이 갑자기 크게 소리를 지르며 사악한 마녀가 누워 있던 집 모퉁이를 가리켰다.

"무슨 일이죠?"

조그만 노파가 물었다. 그러더니 사람들이 가리킨 곳을 쳐다보고는 웃기 시작했다. 죽은 마녀의 발이 온데간데없고, 그 자리엔 은색 구두만 덩그러니 남아 있었다.

"너무 늙어서 햇볕에 빨리 말라버린 거예요. 동쪽 마녀는 이렇게 끝나버렸군요. 그렇지만 이 은색 구두는 당신 거예요. 어서 신어보세요."

늙은 여자는 몸을 숙여 신발을 집어 들었다. 그리고 신발에 묻은 먼지를 털어낸 뒤 도로시에게 건넸다.

"동쪽 마녀는 이 은색 구두를 자랑스러워했죠. 신발에 어떤 마법이 숨겨져 있다는데 그게 뭔지는 우리도 전혀 모른답니다."

먼치킨 한 명이 말했다.

도로시는 은색 구두를 들고 집으로 들어가 탁자 위에 내려놓았다. 그리고 다시 밖으로 나와 먼치킨들에게 말했다.

"어서 집으로 돌아가고 싶어요. 삼촌과 숙모가 저를 걱정하실 게 분명하거든요. 길 찾는 걸 도와주실 수 있나요?"

먼치킨들과 마녀는 서로의 얼굴을 쳐다보더니, 다시 도로시를 바라보며 고개를 저었다.

"여기서 멀지 않은 동쪽에 거대한 사막이 있어요. 그런데 그곳은 아무도 살아서 건널 수 없어요."

누군가가 말했다.

"남쪽도 마찬가지랍니다. 제가 가서 직접 봤거든요. 남쪽은 콰들링의 나라예요."

또 다른 누군가가 말했다.

"서쪽도 마찬가지라고 들었어요. 윙키들이 사는 서쪽 나라는 사악한 서쪽 마녀가 다스리고 있어요. 거길 지나가려고 하면 마녀가 잡아다 노예로 삼아버릴 거예요."

"북쪽엔 내가 살고 있지요."

노파가 말했다.

"그리고 북쪽 가장자리에도 오즈의 나라를 둘러싸고 있는 바로 그 거대한 사막이 있어요. 아무래도 당신은 우리와 함께 살아야 할 것 같네요."

그 말을 들은 도로시는 흐느껴 울기 시작했다. 이상한 사람들에게 둘러싸여 있는 게 너무 외로웠기 때문이다. 도로시의 눈물이 친절한 먼치킨들을 가슴 아프게 했는지, 다들 손수건을 꺼내 같이 울기 시작했다. 노파는 모자를 벗더니 코끝에 올려놓고 진지한 목소리로 숫자를 셌다.

"하나, 둘, 셋."

그러자 순식간에 모자가 석판으로 바뀌었고, 그 위에 흰 분필로 쓰인 커다란 글자가 나타났다. 노파는 코앞에 놓인 칠판을 들어 그 글자를 읽었다.

노파가 물었다.

"숙녀분 이름이 도로시인가요?"

"맞아요."

도로시가 고개를 들고 눈물을 닦으며 대답했다.

"그럼 당신은 에메랄드 시로 가야겠네요. 아마도 오즈가 당신을 도와줄 겁니다."

"에메랄드 시는 어디에 있는데요?"

"정확히 이 나라 한가운데에 있고, 아까도 말했듯이 위대한 마법사 오즈가 다스리는 곳이지요."

"그는 좋은 사람인가요?"

도로시가 조심스럽게 물었다.

"그는 착한 마법사입니다. 그가 남자인지 아닌지는 나도 몰라요. 한 번도 본 적이 없으니까요."

"거기까지는 어떻게 가면 되나요?"

"걸어야 해요. 오랜 여정이 되겠죠. 이 나라를 통과해 가는 것은 때로는 즐겁고 또 때로는 어둡고 끔찍할 겁니다. 하지만 당신을 위험으로부터 지키기 위해 내가 아는 모든 마법을 다 사용할 겁니다."

"당신도 함께 가는 거죠?"

도로시가 애원하듯 물었다. 도로시는 노파를 자신의 유일한 친구로 여기고 있기 때문이었다.

"아니요, 그럴 순 없어요. 대신 당신에게 키스를 해줄게요. 북쪽 마녀의 키스를 받은 사람은 그 누구도 감히 해를 끼치지 못할 테니까요."

노파는 도로시에게 다가와 이마에 살짝 입을 맞추었다. 노파의 입술이 닿은 부분에 동그랗고 빛나는 자국이 생겼고, 도로시도 곧 그 자국을 발견했다.

"에메랄드 시로 가는 길은 노란 벽돌로 포장되어 있어요. 그러니 길을 잃을 리는 없을 거예요. 오즈를 만나거든 너무 겁먹지 말고 숙녀분의 이야기를 들려준 다음 도움을 구하세요. 그럼 안녕."

세 명의 먼치킨은 고개 숙여 인사를 하고 즐거운 여행이 되기를 빌어주었다. 그리고 숲 사이로 걸어서 사라져버렸다. 마녀는 도로시를 향해 고개를 까딱 숙여 친근하게 인사를 한 뒤, 왼쪽 발꿈치로 세 번을 돌더니 그대로 사라져버렸다. 마녀가 사라지자 토토가 깜짝 놀랐는지 시끄럽게 짖어댔다. 마녀가 옆에 있을 때는 너무 무서워서 으르렁거리지도 못하던 녀석이 말이다.

하지만 도로시는 그녀가 마녀인 것을 알고 있었기 때문에 그런 식으로 사라질 거라 예상했고, 그래서 조금도 놀라지 않았다.

Chapter 3

도로시는 허수아비를 어떻게 구했을까?

혼자 남은 도로시는 배가 고팠다. 도로시는 찬장으로 가, 빵을 조금 자르고 버터를 발랐다. 토토에게도 빵을 조금 나눠주고, 선반에 있는 들통을 시냇가로 가져가 깨끗하게 반짝이는 물을 채웠다. 토토는 나무로 달려가 가지에 앉아 있는 새들을 향해 짖어대기 시작했다. 토토를 데리러 나무로 다가간 도로시는 나뭇가지에 매달린 맛있는 과일을 발견하고, 몇 개 따서 아침으로 먹으면 좋겠다고 생각했다.

잠시 후 집으로 돌아온 도로시는 토토와 함께 시원하고 깨끗한 물을 나눠 마시고, 에메랄드 시로 떠나기 위한 준비를 시작했다.

도로시에게는 여벌 옷이 딱 하나 있었는데, 때마침 깨끗하게 세탁되어 침대 옆 못에 걸려 있었다. 그 옷은 흰색과 파란색 깅엄 체크무늬였는데, 비록 잦은 세탁으로 파란색이 바랬지만 그래도 여전히 예쁜 드레스였다. 도로시는 세심하게 몸을 씻고 깨끗한 깅엄 드레스를 입은 뒤, 챙이 넓은 분홍색 모자를 썼다. 도로시는 작은 바구니를 꺼내 찬장에 있는 빵을 담고 그 위에 흰 천을 덮었다. 그러고 나서 자기 발을 내려다본 도로시는 신발이 엄청 낡고 해졌다는 생각이 들었다.

"이 신발로는 절대 긴 여행을 할 수 없을 거야, 토토."

도로시가 그렇게 말하자 토토가 조그맣고 까만 눈으로 도로시의 얼굴을 올려다보며, 마치 도로시의 말을 이해했다는 듯 꼬리를 흔들었다.

바로 그 순간 탁자 위에 놓인 동쪽 마녀의 은색 구두가 도로시의 눈에 들어왔다.

"나한테 맞을지 모르겠네. 근데 오래 걷기엔 이 신발이 좋을 것 같아. 이런 신발은 닳지 않을 테니까."

도로시가 토토에게 말했다.

도로시는 낡은 가죽 신발을 벗고 은색 구두를 신어보았다. 마치 도로시를 위해 만든 것처럼 발에 꼭 맞았다.

마침내 도로시는 바구니를 집어 들었다.

"가자, 토토. 에메랄드 시에 가서 위대한 오즈에게 캔자스로 돌아가는 방법을 물어보는 거야."

도로시는 문을 닫고 잠근 뒤, 열쇠를 드레스 주머니에 조심스레 넣었다. 그리하여 쫄래쫄래 뒤따라오는 토토와 함께, 도로시는 여정을 시작했다.

근처엔 길이 여러 갈래였지만, 노란 벽돌로 포장된 길을 찾는 데는 그리 오래 걸리지 않았다. 도로시는 곧바로 에메랄드 시를 향해 씩씩하게 걷기 시작했다. 노란 벽돌 길 위에서 그녀의 은색 구두가 또각또각 경쾌한 소리를 냈다. 햇빛은 밝고 새들은 기분 좋게 노래했다. 갑자기 자기가 살던 곳에서 휩쓸려 나와 낯선 땅 한가운데에 떨어졌는데도 도로시는 기분이 그리 나쁘지 않았다.

길을 걷던 도로시는 주변 풍경이 너무 예뻐서 깜짝 놀랐다. 길 양옆의 깔끔한 울타리는 앙증맞은 파란색으로 칠해져 있고, 울타리 너머 들판에는 곡식과 채소가 풍부했다. 먼치킨들이 좋은 농부라서 많은 농작물을 키울 수 있는 게 분명해 보였다. 이따금 집 앞을 지나칠 때면 사람들이 도로시를 보려고 집 밖에 나와 고개 숙여 인사를 했다. 도로시가 사악한 마녀를 물리치고 그들을 속박에서 벗어나게 해주었다는 것을 모두가 아는 눈치였다. 먼치킨들의 집은 좀 특이하게 생겼는데, 하나같이 둥그런 모양인데다 커다란 돔 지붕이 올라가 있었다. 이 동쪽 나라 사람들은 파란색을 가장 좋아하는지, 집도 모두 파란색으로 칠해져 있었다.

저녁 무렵, 오래 걸어 피곤해진 도로시는 어디에서 밤을 보내야 할지 고민하기 시작했다. 그러는 중 도로시의 눈앞에 다른 집들보다 조금 큰 집이 나타났다. 집 앞의 초록 잔디 위에서는 많은 남녀가 춤을 추고 있었다. 키 작은 바이올린 연주자 다섯 명은 있는 힘껏 시끄럽게 연주를 했고, 사람들은 웃고 노래를 불렀다. 근처의 큰 탁자에는 맛있는 과일, 견과류, 파이와 케이크, 그 외에도 수많은 음식이 쌓여 있었다.

사람들은 친절하게 도로시를 맞아주면서, 저녁 식사에도 초대하고 함께 밤을 보내자고 말해주었다. 그곳은 먼치킨들 중에서 가장 부유한 사람의 집이었는데, 사악한 마녀의 속박으로부터 해방된 것을 축하하기 위해 한자리에 모인 것이었다.

도로시는 정성이 담긴 저녁을 먹었다. 보크라는 이름의 부자 먼치킨이 옆에서 시중을 들어주었다. 그런 다음 도로시는 소파에 앉아 사람들이 춤추는 모습을 구경했다.

보크가 도로시의 은색 구두를 보더니 말했다.

"당신은 위대한 마법사가 틀림없군요."

"왜요?"

소녀가 물었다.

"왜냐하면 은색 구두를 신고 있고 사악한 마녀도 죽였으니까요. 게다가 드레스에 하얀색이 있네요. 오로지 마녀와 마법사만 하얀 옷을 입을 수 있거든요."

"제 드레스는 흰색과 파란색 체크무늬인데요."

도로시가 드레스 주름을 손으로 문지르며 말했다.

"그렇게 입어주셔서 감사할 따름입니다. 파란색은 먼치킨의 색이고, 흰색은 마녀의 색이죠. 그래서 당신이 우호적인 마녀라는 걸 한눈에 알았어요."

도로시는 뭐라고 말해야 할지 알 수가 없었다. 모든 사람이 자신을 마녀라고 생각하는 것 같았기 때문이다. 하지만 자신은 회오리바람에 휩쓸려 우연히 낯선

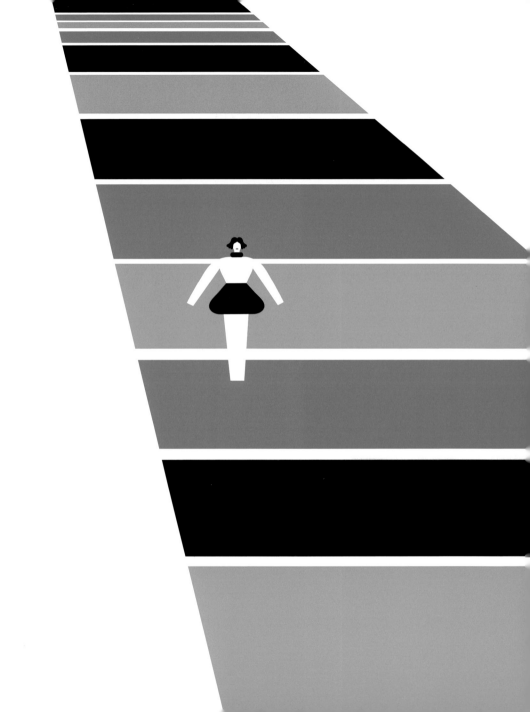

곳에 오게 된 지극히 평범한 소녀임을 잘 알고 있었다.

도로시가 피곤해 보이자 보크는 집 안으로 안내했다. 그리고 예쁜 침대가 있는 방을 내주었다. 도로시는 파란 천으로 만든 침대 시트 안에서 아침까지 푹 잤다. 토토도 그 옆에 놓인 파란 러그 위에서 몸을 말고 잠을 잤다.

도로시는 정성껏 차린 아침을 먹었다. 그리고 아주 조그만 먼치킨 아기가 토토와 장난치는 모습을 지켜보았다. 아기가 토토의 꼬리를 잡고, 소리치고, 웃는 모습에 도로시는 너무나 기분이 좋아졌다. 여태 한 번도 개를 본 적 없는 먼치킨들에게 토토는 신기한 호기심 거리였다.

"에메랄드 시까지는 얼마나 멀죠?"

소녀가 물었다.

"나도 몰라요."

보크가 심각하게 대답했다.

"한 번도 가본 적이 없거든요. 딱히 오즈에게 볼일이 있는 게 아니라면 그에게서 멀리 떨어져 있는 게 더 좋으니까요. 하지만 에메랄드 시는 멀리 있기에 여러 날이 걸릴 겁니다. 이곳은 부유하고 즐거운 나라이지만, 목적지에 닿으려면 힘들고 위험한 곳도 지나쳐야 할 거예요."

그 말에 도로시는

살짝 걱정되었지만, 오직 위대한 오즈만이 캔자스로 돌아가도록 도와줄 수 있다는 걸 알기에 왔던 길을 되돌아가지 않겠다고 용감하게 결심했다.

도로시는 사람들에게 작별 인사를 하고, 다시 노란 벽돌 길을 출발했다. 그리고 얼마쯤 갔을까, 도로시는 잠시 멈춰 쉬기로 했다. 그녀는 길옆의 울타리 위로 기어 올라가 자리를 잡았다. 울타리 너머에는 드넓은 옥수수밭이 있고, 멀지 않은 곳에 허수아비가 보였다. 새들로부터 잘 익은 옥수수를 지키기 위해 장대 높이 매달아놓은 허수아비였다.

도로시는 손으로 턱을 괴고 앉아, 생각에 잠긴 채 허수아비를 바라보았다. 허수아비의 머리는 짚을 가득 채운 작은 부대 자루였고 그 위에 눈, 코, 입이 그려져 있었다. 머리 위에는 어느 먼치킨의 것이었을 낡고 뾰족한 파란 모자가 올라가 있고, 몸의 나머지 부분도 낡고 오래된 파란 옷에 짚을 가득 채운 모양새였다. 발에는 발등이 파란색인 낡은 장화가 신겨져 있었는데, 이곳 남자들은 모두 저렇게 생긴 장화를 신는 듯했다. 허수아비가 옥수수 줄기 위로 높이 솟아 있는 것은 등에 꽂힌 장대 때문인 듯했다.

도로시는 기이하게 그려진 허수아비의 얼굴을 유심히 바라보다가 깜짝 놀라고 말았다. 허수아비의 한쪽 눈이 자신을 향해 천천히 윙크했기 때문이다. 처음엔 당연히 잘못 본 줄 알았다. 캔자스에는 절대 윙크하는 허수아비가 없었으니까. 하지만 곧 허수아비가 고개를 끄덕여 친근하게 인사까지 하자, 도로시는 울타리에서 내려가 허수아비에게 가보기로 했다. 토토는 장대 주변을 뛰어다니며 마구 짖어댔다.

"날씨가 좋네."

허수아비가 조금 걸걸한 목소리로 말했다.

"말을 하네?"

소녀가 놀라서 물었다.

"물론이지. 만나서 반가워. 기분이 어때?"

허수아비가 말했다.

"난 괜찮아, 고마워. 넌 어때?"

도로시가 정중하게 대꾸했다.

"난 기분이 별로야. 밤낮으로 여기 매달려서 까마귀들을 쫓는다는 게 무척 지루한 일이거든."

허수아비가 웃으며 말했다.

"내려올 수는 없는 거야?"

도로시가 물었다.

"응. 등에 장대가 꽂혀 있거든. 네가 이 장대를 빼주면 정말 대단히 고마울 것 같아."

도로시는 두 팔을 뻗어 허수아비를 장대 위로 끄집어 올렸다. 몸이 짚으로 채워져 있어서 상당히 가벼웠다.

"정말 고마워. 새로운 사람이 된 것 같아."

땅에 내려진 허수아비가 말했다.

도로시는 지금 상황이 너무 당황스러웠다. 허수아비가 말을 하는 것도, 자기에게 고개 숙여 인사를 한 뒤 나란히 걷는 것도 너무 신기했기 때문이다.

허수아비가 기지개를 켜고 하품을 하더니 물었다.

"넌 누구야? 그리고 어디로 가는 거야?"

"내 이름은 도로시, 그리고 에메랄드 시로 가고 있어. 위대한 오즈에게 캔자스로 보내달라고 부탁해야 하거든."

"에메랄드 시가 어디 있는데? 그리고 오즈는 누구야?"

"그걸 모른다고?"

소녀가 놀라서 되물었다.

"정말 몰라. 난 아무것도 몰라. 너도 보다시피 난 짚으로 가득 차 있어서 뇌가 없거든."

허수아비가 슬픈 목소리로 대답했다.

"어머나, 너무 미안해."

"혹시 너랑 함께 에메랄드 시에 가면 오즈가 나에게 뇌를 줄까?"

허수아비가 물었다.

"나도 모르겠어. 하지만 네가 원한다면 함께 가도 좋아. 혹시나 오즈가 너에게 뇌를 주지 않는다고 해서 지금보다 더 나빠질 건 없잖아."

"정말 그러네."

허수아비가 자신만만한 목소리로 이야기를 이어갔다.

"사실 난 내 다리와 팔과 몸이 지푸라기로 가득 차 있는 건 상관없어. 다치지 않거든. 누가 내 발을 밟거나 핀으로 나를 찔러도 상관없어. 아무것도 느껴지지 않으니까. 하지만 사람들이 나를 바보라고 부르는 건 싫어. 너처럼 머리에 뇌가 있지 않고 나처럼 짚만 가득 차 있다면, 앞으로도 계속 아무것도 모른 채 살아야 할 거야."

"네 마음을 이해할 것 같아."

소녀는 허수아비를 진심으로 안타까워했다.

"나랑 함께 간다면 오즈에게 물어볼게. 널 위해 뭘 해줄 수 있는지 말이야."

"고마워."

허수아비가 감사를 표시했다.

그들은 다시 길 쪽으로 걸어갔다. 도로시는 허수아비가 울타리를 넘을 수 있게 도와주었고, 노란 벽돌 길을 따라 에메랄드 시로 출발했다.

토토는 처음에 동행이 생긴 게 마음에 들지 않는 눈치였다. 지푸라기 속에 생쥐 집이 있는지 조사라도 하는 듯 허수아비 주변을 킁킁거렸고, 쌀쌀맞게 으르렁대기도 했다.

"토토는 신경 쓰지 마. 물지 않으니까."

도로시가 새 친구에게 말했다.

"오, 난 겁 안 나. 개가 지푸라기를 아프게 할 순 없거든. 그 바구니는 내가 들어줄게. 난 지치지 않으니까 상관없어. 아, 내가 비밀 하나 말해줄까? 내가 세상에서 무서워하는 게 딱 하나 있어."

"그게 뭔데? 혹시 널 만든 먼치킨 농부?"

도로시가 물었다.

"아니, 불 켜진 성냥."

허수아비가 대답했다.

Chapter 4

숲을
지나는 길

몇 시간 후 길이 험해지기 시작했고 걷기가 점점 힘들어졌다. 땅이 고르지 않아 허수아비는 종종 노란 벽돌 위로 넘어졌다. 어떤 곳은 벽돌이 깨지거나 아예 벽돌 없이 구멍이 난 부분이 있어서, 토토는 폴짝 뛰어서 건너고 도로시는 빙 돌아서 지나갔다. 하지만 허수아비는 뇌가 없어서인지 계속 앞으로 곧장 걸어갔고 구멍에 발이 걸려 넘어져 딱딱한 벽돌 바닥에 대자로 쓰러지곤 했다. 그런데도 허수아비는 다치지 않았다. 그럴 때마다 도로시가 일으켜 세워주었고, 허수아비는 도로시와 함께 자신의 실수를 즐겁게 웃어넘겼다.

　이 근처의 농장은 이전에 보았던 곳과 달리 잘 관리되어 있지 않았다. 집도 몇 채 없고, 과일나무도 더 적었으며, 갈수록 주변이 더 음울하고 인적이 뜸해졌다.

　정오가 되자 그들은 작은 시냇물이 흐르는 길가에 앉았다. 도로시는 바구니를 열어 빵을 조금 꺼냈다. 허수아비에게도 빵 조각을 건넸지만 그가 사양했다.

　"난 전혀 배고프지 않아. 그래서 참 다행이라고 생각해. 내 입은 그냥 그려진 거니까. 만약 내가 뭔가를 먹겠다고 입에 구멍을 뚫으면, 내 몸을 채우고 있는 지푸라기가 밖으로 나와서 내 머리 모양이 다 망가질 거야."

　도로시도 그 말이 맞는 것 같아서 고개를 끄덕이며 자기 빵만 먹었다.

　"너에 대해서, 그리고 네가 살던 곳에 대해서 이야기해줘."

도로시가 식사를 끝내자 허수아비가 말했다. 그래서 도로시는 캔자스가
어떤 곳인지, 그곳의 모든 것이 회색빛이라는 것과 어쩌다 회오리바람이
자신을 이상한 오즈의 나라로 데려왔는지 모두 말해주었다.

허수아비가 주의 깊게 듣더니 말했다.

"난 잘 이해되지 않아. 뭐 때문에 이 아름다운 땅을 두고 캔자스
라는 건조한 회색 동네로 돌아가려 하는지."

"그건 네게 뇌가 없어서 그래. 우리 고향이 얼마나 따분하
고 회색빛인지는 중요하지 않아. 우리같이 살과 피
를 가진 사람들은 여기가 아무리 아름답다고 한
들 거기서 사는 게 더 나아."

자기 집보다 좋은 곳은 없거든!

허수아비는 한숨을 쉬었다.

"그럼 난 이해하지 못하겠구나. 만약 네 머리도 나처럼 짚으로 가득 차 있다면, 아마 아름다운 곳에서 살고 싶어 할 거야. 그럼 캔자스에는 아무도 살지 않겠지. 너에게 뇌가 있어서 캔자스로서는 다행일 거야."

"쉬는 동안 네 이야기도 들려주지 않을래?"

소녀가 물었다.

허수아비는 도로시를 원망하듯 쳐다보더니 대답했다.

"내 인생은 너무 짧아서 솔직히 아는 게 없어. 난 겨우 그저께

만들어졌거든. 그 전에 세상에 무슨 일이 일어났는지는 전혀 알 수가 없어. 다행히 농부가 내 머리를 만들 때 귀부터 그려주었어. 그래서 무슨 일이 일어나는지 다 들을 수 있었지. 옆에 다른 농부가 한 명 더 있었기 때문에, 내가 처음으로 들은 건 그들의 대화였어. 농부가 물었지.

'이 귀 어때?'

다른 농부가 대답했어.

'똑바르게 그린 것 같지 않은데.'

농부가 대꾸했어.

'무슨 상관이야. 귀가 다 마찬가지지.'

사실 맞는 말이었어.

'이제 눈을 만들어야겠어.'

농부가 말했어. 그러면서 내 오른쪽 눈을 그렸지. 다 그리자마자 난 농부와 주변을 호기심 가득한 눈으로 둘러보았어. 난생처음으로 세상을 보는 순간이었거든.

'꽤 예쁜 눈이네. 눈을 그리기엔 파란 페인트가 딱이지.'

옆에서 농부를 지켜보던 사람이 말했어.

'다른 쪽 눈은 조금 더 크게 만들 거야.'

농부가 말했어. 두 번째 눈이 완성되자 난 이전보다 더 잘 볼 수 있게 되었어. 잠시 후 농부는 내 코와 입을 만들어주었어. 하지만 난 아무 말도 못했어. 왜냐하면 그때는 입으로 뭘 하는지 몰랐거든. 난 그들이 내 몸통과 팔, 다리를 만드는 걸 재미있게 지켜보았어. 그리고 그들이 내 머리와 몸통을 연결시키자 난 엄청 뿌듯했어. 스스로 다른 사람들과 다를 바 없는 멀쩡한 사람이라고 생각했거든.

'이제 이 친구가 까마귀를 쫓아줄 거야. 사람이랑 똑같이 생겼잖아.'

농부가 말했어.

'아니, 그냥 사람이나 마찬가지야.'

다른 이가 말했고, 나도 그 말이 맞다고 생각했어. 농부는 나를 들고 옥수수밭으로 가서 높은 장대에 날 고정시켰어. 네가 아까 날 발견했던 곳 말이야. 그와 친구는 곧바로 떠나버렸고 난 혼자 남았지.

그런 식으로 버려지니까 기분이 좋지 않더군. 그래서 나도 그들을 따라가려고 했어. 하지만 내 발은 땅에 닿지 않았고, 그 장대에 매달려 있을 수밖에 없었어. 난 불과 얼마 전에 만들어졌기에 생각할 거리가 전혀 없었고, 그래서 계속 살아가기엔 너무 외로웠어. 수많은 까마귀와 새들이 옥수수밭으로 날아왔지만 날 보자마자 내가 먼치킨인 줄 알고 다시 날아가버렸어. 난 기분이 좋았어. 내가 중요한 사람이라도 된 듯한 느낌이 들었지. 머지않아 늙은 까마귀가 내 곁에 날아와 유심히 쳐다보더니 내 어깨에 앉아 이렇게 말했어.

'그 농부는 이런 허술한 방법으로 날 속일 수 있을 거라고 생각했나. 사리 분별이 되는 까마귀라면 누구라도 네가 짚으로 채워져 있다는 걸 알 수 있을 텐데.'

그러더니 그 까마귀는 내 발밑으로 폴짝 뛰어내려 양껏 옥수수를 먹어 치웠어. 다른 새들도 내가 그 까마귀를 해치지 못한다는 걸 보자 옥수수를 먹으러 왔고, 얼마 지나지 않아 내 주위로 새들이 떼를 지어 몰려들었지.

난 슬펐어. 내가 좋은 허수아비가 아니라는 걸 증명한 셈이니까. 하지만 늙은 까마귀가 이렇게 말하며 달래주더군.

'너도 머리에 뇌만 있으면 여느 사람에 버금가는, 아니 그보다 더 훌륭한 인간이 될 수 있을 거야. 뇌는 이 세상에서 가질 수 있는 유일하게 가치 있는 것이야. 그게 까마귀든 사람이든 마찬가지지.'

까마귀들이 사라진 후 나는 거듭 생각했어. 그리고 뇌를 얻기 위해 열심히 노력하기로 결심했어. 그런데 마침 네가 지나가다가 날 장대에서 빼준 거야. 그리고 네 말을 들어보니, 에메랄드 시에 도착하면 위대한 오즈가 내게 뇌를 줄 것 같아."

"나도 그러길 바라. 네가 정말 뇌를 간절히 갖고 싶어 하는 것 같거든."

도로시가 진지하게 말했다.

"아, 맞아. 정말 간절해. 자기가 바보라는 사실을 아는 것은 정말 기분 나쁜 느낌이거든."

허수아비가 말했다.

"그래, 이만 가보자."

소녀는 그렇게 말하며 허수아비에게 바구니를 건넸다.

이제 길가엔 울타리도 없고, 주변의 땅도 경작되지 않은 거친 곳이었다. 저녁 무렵 그들은 커다란 숲에 다다랐다. 나무가 엄청 크고 빽빽하게 자라고 있어서 나뭇가지가 노란 벽돌 길 위로 흐드러졌다. 나뭇가지가 햇빛을 완전히 막아버린 탓에 나무 아래는 거의 캄캄했지만 이들은 멈추지 않고 계속 숲으로 들어갔다.

"들어가는 길이 있으면 나가는 길도 있겠지. 그리고 에메랄드 시는 길이 끝나는 곳에 있으니까, 이 길이 이끄는 대로 따라갈 수밖에 없어."

허수아비가 말했다.

"그건 누구라도 알 만한 내용이지."

도로시가 말했다.

"맞아. 그래서 나도 아는 거야. 그걸 알아내는 데 뇌가 필요했다면 난 절대 그렇게 말하지 못했을 거야."

허수아비가 말했다.

한 시간쯤 지나자 빛이 완전히 사라졌다. 그들은 암흑 속에서 더듬거리며 걷고 있었다. 도로시는 앞이 전혀 보이지 않았지만 토토는 보이는 모양이었다. 어떤 개들은 어둠 속에서도 앞이 엄청 잘 보인다니까 말이다. 허수아비는 지금도 대낮처럼 앞이 잘 보인다고 말했다. 그래서 도로시는 허수아비의 팔을 잡았고, 덕분에 캄캄한 숲길을 그나마 잘 통과할 수 있었다.

"혹시나 집이나 하룻밤 보낼 수 있는 장소를 발견하거든 나한테 꼭 말해줘. 어둠 속을 걷는 게 너무 불편하거든."

도로시가 말했다.

잠시 후 허수아비가 걸음을 멈추었다.

"오른쪽에 통나무와 나뭇가지로 만든 자그마한 오두막이 보여. 저기로 가볼까?"

허수아비가 물었다.

"응, 그러자. 나 너무 피곤해."

도로시가 대답했다.

허수아비는 도로시를 데리고 숲을 지나 오두막에 다가갔다. 집 안으로 들어간 도로시는 한쪽 구석에서 마른 나뭇잎으로 만든 침대를 발견했다. 도로시는 곧바로 드러누웠다. 그리고 옆에 누운 토토와 함께 깊은 잠에 빠져들었다. 피곤함이라는 걸 모르는 허수아비는 다른 구석에 서서 진득하게 아침이 밝아오기를 기다렸다.

Chapter 5

양철 나무꾼 구출하기

도로시가 잠에서 깼을 때 태양은 나무들 사이로 빛나고 토토는 이미 오래전부터 밖에 나가 새와 다람쥐를 쫓아다니고 있었다. 도로시는 일어나 앉아 주위를 둘러보았다. 허수아비는 여전히 구석에 서서 도로시를 기다리고 있었다.

"가서 물을 찾아봐야겠어."

도로시가 허수아비에게 말했다.

"물이 왜 필요한데?"

허수아비가 물었다.

"길에서 묻은 먼지를 씻어내려면 세수를 해야지. 마시기도 하고. 마른 빵만 먹으면 목이 막힐 테니까."

허수아비가 생각에 잠기더니 말했다.

"사람으로 사는 건 정말 불편한 것 같아. 잠도 자야 하고, 먹고 마시기도 해야하니까. 하지만 뇌가 있으면 제대로 생각을 할 수 있으니 그런 귀찮음 정도는 감수할 수 있겠지."

둘은 오두막에서 나와 나무 사이를 걸어가다가 맑은 물이 솟는 작은 샘을 발견했다. 도로시는 그곳에서 물을 마시고, 씻고, 아침도 먹었다. 바구니에 빵이 얼마 남지 않은 걸 본 도로시는 허수아비가 아무것도 먹지 않아도 된다는 사실에 감사했다. 토토와 둘이서만 먹어도 빠듯한 양이었기 때문이다.

도로시가 식사를 마치고 다시 노란 벽돌 길로 돌아가려는데, 놀랍게도 근처에서 낮은 신음 소리가 들렸다.

"무슨 소리지?"

도로시가 겁을 먹고 물었다.

"전혀 모르겠어. 일단 한번 가보자."

허수아비가 대답했다.

바로 그때 신음 소리가 또 들려왔다. 소리는 뒤쪽에서 나는 것 같았다. 그들이 돌아서서 숲으로 몇 걸음 들어간 순간, 도로시는 나무 사이에서 햇빛을 받아 반짝이는 뭔가를 발견했다. 도로시는 그곳으로 달려가다 우뚝 멈춰 서서는 놀라움의 비명을 질렀다.

커다란 나무 한 그루가 살짝 잘려 있고, 그 옆에 온몸이 양철로 만들어진 사람이 도끼를 높이 들고 서 있었다. 그의 머리와 팔, 다리는 모두 몸통에 연결되어 있었는데, 움직일 수 없는지 꼼짝도 못하고 서 있기만 했다.

도로시는 놀라서 그를 바라보았고, 허수아비도 마찬가지였다. 토토는 사납게 짖어대다가 그의 양철 다리를 앙 물었지만 자기 이빨만 아플 뿐이었다.

"네가 신음 소리를 낸 거야?"

도로시가 물었다.

"맞아. 내가 그랬어. 난 여기서 1년 이상 신음 소리를 내고 있었는데, 내 소리를 듣거나 날 도와주러 온 사람은 아무도 없었지."

"내가 어떻게 도와줄까?"

도로시가 상냥하게 물었다. 양철 남자의 슬픈 목소리에 마음이 흔들렸기 때문이다.

"기름통을 가져와서 내 관절에 기름칠을 해줘. 너무 심하게 녹슬어서 도저히 움직일 수가 없어. 기름칠만 잘하면 금방 아무렇지 않게 움직일 수 있을 거야. 기름통은 내 오두막 선반에 있어."

도로시는 곧장 오두막으로 달려가 기름통을 찾았다. 그리고 곧바로 달려와 걱정스레 물었다.

"어디가 관절인데?"

"일단 목부터 칠해줘."

나무꾼이 말했다. 도로시는 시키는 대로 했지만 너무 심하게 녹슬어서 허수아비가 양철 머리를 붙잡고 양옆으로 살살 움직여주고 나서야 나무꾼 스스로 목을 돌릴 수 있게 되었다.

"이제 팔 관절에 기름칠을 해줘."

그가 말했다. 도로시는 팔 관절에 기름을 칠했고, 허수아비는 팔이 새것처럼 자유롭게 움직일 수 있을 때까지 조심스럽게 팔을 구부려주었다.

양철 나무꾼은 만족스러운 한숨을 내쉬고는 들고 있던 도끼를 내려서 나무에 기대어놓았다.

"한결 편하다. 처음 녹슬기 시작했을 때부터 도끼를 계속 들고 있었거든. 드디어 내려놓을 수 있어서 너무 다행이야. 자, 이제 다리 관절에만 기름칠을 해주면 다시 예전처럼 괜찮아질 거야."

도로시와 허수아비는 그가 자유롭게 움직일 수 있을 때까지 다리에 기름칠을 해주었다. 그는 도와줘서 고맙다며 몇 번이고 감사함을 표현했다. 매우 예의 바르고 고마워할 줄 아는 것 같았다.

"너희가 나타나지 않았다면 난 계속 이렇게 서 있었을 거야. 너희가 내 목숨을 구해준 거야. 그런데 너희는 어쩌다 여기에 온 거야?"

"위대한 오즈를 만나기 위해 에메랄드 시에 가는 중이야. 그리고 네 오두막에서 어젯밤을 보냈지."

도로시가 대답했다.

"오즈는 왜 만나려는 건데?"

"캔자스로 돌아가게 해달라고 부탁하려고. 그리고 허수
아비는 머리에 집어넣을 뇌가 필요하대."

도로시가 대답했다.

양철 나무꾼은 잠시 깊이 생각하더니 이렇게
말했다.

"오즈가 내게 심장을 줄 수 있을까?"

"아마 되지 않을까? 허수아비에게 뇌를 주는 것만큼 쉬운 일일 거야."
도로시가 대답했다.

"그렇군. 내가 함께 가는 걸 너희가 허락한다면, 나도 에메랄드 시에 가서 오
즈에게 도와달라고 할래."

나무꾼이 말했다.

"함께 가자."

허수아비가 다정하게 말했다. 도로시도 함께 가면 기쁠 거라고 말해주었다.
그리하여 양철 나무꾼은 도끼를 어깨에 얹고 둘을 따라나섰다. 그들은 다 같이 숲
을 빠져나와 노란 벽돌로 포장되어 있는 길에 들어섰다.

양철 나무꾼은 도로시에게 기름통을 바구니에 넣어도 되냐고 물었다.

"비를 맞아서 또 녹이 슬면 기름통이 꼭 필요할 거거든."

새 친구가 함께하게 된 건 그들에게 상당한 행운이었다.
왜냐하면 길을 떠나자마자 아무도 지나갈 수 없을 정도로 나무가

빽빽한 길을 만났기 때문이다. 하지만 양철 나무꾼이 도끼를 들고 나무를 착착 베어버리자, 곧바로 다 같이 지나갈 수 있을 정도로 길이 깨끗이 정리되었다.

한참 걸어가던 도로시는 깊이 생각에 빠져 있다가, 허수아비가 구멍에 발이 걸려 길가로 굴러 넘어지는 것도 눈치채지 못했다. 허수아비가 도와달라고 큰 소리로 도로시를 불러야 했다.

"넌 왜 구멍을 돌아서 가지 않는 거야?"

양철 나무꾼이 물었다.

"나도 잘 모르겠어. 보다시피 내 머리는 짚으로 가득 차 있어. 오즈에게 뇌를 달라고 부탁하러 가는 것도 그런 이유지."

허수아비가 명랑하게 대답했다.

"음, 그렇구나. 하지만 뇌가 이 세상에서 가장 중요한 건 아니야."

양철 나무꾼이 말했다.

"넌 뇌가 있어?"

허수아비가 물었다.

"아니, 내 머리도 거의 비어 있을 거야. 하지만 한때는 나도 뇌가 있었어. 그리고 심장도 있었지. 내가 둘 다 가져본 적이 있어서 하는 말인데, 나라면 심장을 가지겠어."

"왜 그런데?"

허수아비가 물었다.

"내가 이야기를 들려주면 너도 알게 될 거야."

그리하여 숲을 지나는 동안 양철 나무꾼은 자신의 이야기를 털어놓았다.

"난 나무를 베어다가 그걸 팔아서 먹고사는 나무꾼의 아들이었어. 나는 자라서 역시나 나무꾼이 되었지. 아버지가 돌아가신 후 나는 늙은 어머니를 보살폈고 결국 어머니도 돌아가시게 됐어. 난 혼자 외롭게 사느니 결혼을 해야겠다고 결심했어. 그러면 외롭지 않을 테니까.

너무나 아름다운 먼치킨 소녀가 있었지. 난 점점 온 마음을 다해 그녀를 사랑하게 되었어. 그녀 역시 내가 더 좋은 집을 지을 수 있을 만큼 돈을 모으면 곧바로 결혼하겠다고 약속했어. 그래서 난 그 어느 때보다 열심히 일했어. 하지만 그녀와 함께 사는 어머니는 그녀가 그 누구와도 결혼하지 않기를 원했어. 자기가 너무 게으르니까 딸이 자기 곁에 남아서 음식도 하고 집안일도 해주기를 바랐던 거야. 그래서 늙은 어머니는 사악한 동쪽 마녀를 찾아가 결혼을 막아주기만 하면 양 두 마리와 젖소 한 마리를 주겠다고 약속했어. 그리하여 사악한 마녀는 내 도끼에 마법을 걸 었어. 어느 날 나는 하루빨리 집을 짓고 아 내를 얻고 싶다는 생각에 나무를 하러 갔 지. 그런데 갑자기 도끼가 미끄러져 내 왼쪽 다리를 잘라버린 거야. 처음엔 그 저 운이 엄청 나빴다고 생각했어. 다리 가 하나뿐인 남자가 나무꾼 일을 잘할 순 없을 테니까. 그래서 난 양철공을 찾아가 양철로 새 다리를 만들어달라 고 했어. 익숙해지니 양철 다리도 아주 잘 움직이더군. 하지만 내 행동이 사악한 동쪽 마녀의 심기를 건드렸나 봐. 나와 예 쁜 먼치킨 소녀의 결혼을 막아주겠다고 늙은 여인과 약속을 했으니 말이야. 내가 다시 나무를 베려 하자, 도끼가 또 미끄러져 내 오른쪽 다리를 잘 랐어. 역시나 난 양철공을 찾아가 양철 다리를 만들어달 라고 했지. 그 후 마법에 걸린 도끼가 내 팔까지 차례차례 앗 아갔어. 하지만 난 겁먹지 않았고, 양팔을 모두 양철로 대신했어. 그 후 사악한 마녀가 미끄러진 도끼를 이용해 내 목을 자르려 했을 땐 나도 이제 끝이구나 싶었어. 그런데 마침 양철공이 왔다가 내게 새로운 양철 머리를 만들어주었어.

난 사악한 마녀를 이겼다고 생각했고, 예전보다 더 열심히 일했어. 하지만 난 몰랐던 거야. 나의 적이 얼마나 더 사악해질 수 있는지를. 마녀는 아름다운 먼치킨 아가씨를 향한 내 사랑을 없애버리기 위해 새로운 방법을 생각해냈어. 그래서 또 내 도끼를 이용해 내 몸을 두 동강 내버렸지. 양철공은 한 번 더 날 도와주러 왔고, 나에게 양철 몸통을 만들어주었어. 그리고 나사로 된 관절을 이용해 팔, 다리, 머리도 연결해주었지. 그리하여 나는 예전처럼 자유롭게 움직일 수 있게 되었어. 하지만 젠장! 나에겐 이제 심장이 없었어. 그래서 먼치킨 소녀를 향한 내 사랑도 없어져버린 거야. 그녀와 결혼을 하든 말든 상관도 안 하게 된 거지. 그녀는 아마 내가 와주기를 기다리면서 늙은 어머니와 함께 살고 있을 거야.

내 몸이 햇빛을 받아 반짝일 때면 난 엄청 자랑스러워. 이제 도끼가 미끄러져도 상관없어. 날 벨 수 없을 테니까. 위험한 게 단 한 가지 있다면, 바로 관절이 녹슨다는 거야. 그래서 오두막에 기름통을 놓아두고 필요할 때마다 기름칠을 했지. 마침 기름칠하는 걸 까먹은 어느 날, 난 폭풍우를 만나고 말았어. 관절이 녹슬어 위험할 수도 있다는 생각을 할 겨를조차 없었어. 그렇게 너희가 오기 전까지 난 줄곧 숲속에 서 있었단다. 정말 견뎌내기 끔찍한 시간이었어. 하지만 1년 내내 거기에 서 있으면서 깨달았어. 내가 잃어버린 것들 중 가장 소중한 것이 심장임을 알게 되었어. 사랑에 빠져 있을 때 난 세상에서 가장 행복한 남자였어. 하지만 심장이 없는 사람은 사랑을 할 수 없어. 그래서 오즈에게 심장을 달라고 부탁해보기로 했어. 만약 심장을 얻게 되면 다시 먼치킨 아가씨를 찾아가 결혼할 거야."

도로시와 허수아비는 양철 나무꾼의 이야기에 흠뻑 빠져들었다. 그리고 그가 왜 그렇게 새로운 심장을 갖고 싶어 하는지도 알게 되었다.

"그래도 역시나 난 심장 대신 뇌를 달라고 할 거야. 뇌가 없는 바보는 심장이 있어도 그 심장으로 뭘 할지 모를 테니까."

허수아비가 말했다.

"난 심장을 택하겠어. 뇌는 사람을 행복하게 만들어줄 수 없어. 행복이 세상에서 가장 소중한 거야."

양철 나무꾼이 말했다.

도로시는 아무 말도 하지 않았다. 둘 중 누가 옳은지 알 수 없었기 때문이다. 도로시는 캔자스와 엠 숙모에게로 돌아갈 수만 있다면 나무꾼에게 뇌가 없건 허수아비에게 심장이 없건, 아니면 각자가 원하는 걸 갖건 딱히 상관없다고 생각했다.

도로시에게 가장 걱정되는 건 빵이 거의 남지 않았다는 사실이었다. 토토와 한 끼만 더 먹으면 바구니가 비어버릴 것 같았다. 나무꾼과 허수아비는 먹지 않아도 상관없지만, 도로시는 양철이나 짚으로 만들어지지 않았기에 뭔가를 먹지 않으면 살 수가 없었다.

Chapter 6

겁쟁이
사자

도로시와 친구들은 계속해서 울창한 숲을 걸어가고 있었다. 길은 여전히 노란 벽돌로 포장되어 있었지만 나무에서 떨어진 마른 가지와 시든 이파리가 잔뜩 쌓여 있어서 걷기가 쉽지 않았다.

숲에는 새가 거의 없었다. 아무래도 새들은 햇볕이 풍부한 뻥 뚫린 곳을 좋아하기 때문이다. 이따금 나무 틈에 숨어 있는 야생동물이 낮게 으르렁거리는 소리가 들렸다. 어떤 동물이 내는 소리인지 알지 못했기에 어린 소녀의 가슴은 빠르게 뛰었다. 하지만 토토는 다 알고 있는 듯 짖지도 않고 도로시 옆에 바짝 붙어 걸었다.

"얼마나 걸어야 이 숲을 빠져나갈 수 있을까?"

도로시가 양철 나무꾼에게 물었다.

"나도 몰라. 나 역시 에메랄드 시에는 가본 적이 없거든. 하지만 내가 어릴 때 우리 아버지가 거기에 다녀온 적이 있지. 오즈가 사는 도시에 가까워질수록 풍경은 아름다워지지만 위험한 곳을 통과해 한참 가야 한다고 했어. 하지만 난 기름통이 있는 한 그 무엇도 두렵지 않아. 게다가 그 누구도 허수아비를 다치게 하지 못해. 너 역시 이마에 착한 마녀의 키스 자국이 있는 한 아무 일도 일어나지 않을 거야."

나무꾼이 말했다.

"하지만 토토는! 토토는 누가 지켜주지?"

도로시가 걱정스럽게 물었다.

"토토가 위험해지면 우리가 지켜줘야지."

양철 나무꾼이 대답했다.

바로 그때 숲에서 끔찍한 울음소리가 들려왔고, 곧바로 거대한 사자가 길로 뛰어들었다. 사자가 한 발만 휘둘렀을 뿐인데 허수아비는 빙글빙글 돌며 길 밖으로 내던져졌다. 사자는 양철 나무꾼에게도 날카로운 발톱을 휘둘렀다. 나무꾼은 길에 쓰러져 꼼짝하지 않았지만, 놀랍게도 양철에 발톱 자국은 남지 않았다.

맞서 싸워야 할 적이 생긴 토토는 사자를 향해 달리며 짖어댔다. 이때 거대한 짐승이 개를 물려고 입을 쩍 벌린 순간, 토토가 죽을까봐 겁을 먹은 도로시는 위험을 무릅쓰고 무작정 달려들어 사자의 코를 있는 힘껏 내리쳤다. 그러고는 이렇게 소리쳤다.

"감히 토토를 물려고? 너처럼 덩치 큰 짐승이 이렇게 작고 불쌍한 개를 물려고 하다니 부끄러운 줄 알아!"

"안 물었어."

사자가 도로시에게 맞은 코를 문지르며 말했다.

"물진 않았지만 물려고 했잖아. 넌 그저 덩치만 큰 겁쟁이일 뿐이야."

도로시가 쏘아붙였다.

"나도 알아. 난 늘 그랬어. 하지만 내가 어쩌겠어?"

사자가 창피해하며 고개를 푹 숙였다.

"그건 나도 모르지. 하지만 넌 지푸라기로 만들어진 저 불쌍한 허수아비를 쳤잖아!"

"지푸라기로 만들어졌어?"

사자가 놀라서 물었다. 그리고 도로시가 허수아비의 손을 잡고 일으켜 세운 뒤 손으로 툭툭 쳐서 모양을 만들어주는 모습을 지켜보았다.

"당연하지."

여전히 화가 난 도로시가 대답했다.

"그래서 너무 쉽게 쓰러졌구나. 아까 빙글빙글 날아가는 걸 보고 나도 놀랐어. 그럼 저 친구도 짚을 채운 사람이야?"

"아니, 얘는 양철로 만들어졌어."

도로시는 양철 나무꾼이 일어나는 것도 도와주었다.

"그래서 내 발톱이 뭉툭해질 뻔했구나. 양철에 대고 발톱을 긁었더니 등줄기에 소름이 돋을 것 같더라고. 그럼 네가 그렇게 아끼는 저 작은 동물은 뭐야?"

"얘는 내 강아지 토토야."

도로시가 대답했다.

"걔도 양철로 만들어졌어? 아니면 짚으로?"

사자가 물었다.

"아니. 얘는 그, 그, 그 진짜 살로 만들어진 개야."

"오, 지금 이렇게 다시 보니 정말 특이하고 조그맣구나. 나 같은 겁쟁이 말고는 그 누구도 저렇게 조그만 녀석을 물려고 하지 않을 것 같아."

사자가 슬픈 목소리로 말했다.

"넌 어쩌다 겁쟁이가 된 거야?"

도로시는 커다란 짐승을 신기하게 쳐다보며 물었다. 덩치만 보면 작은 말만큼이나 큰 사자였기 때문이다.

"그게 수수께끼야. 아마 날 때부터 그랬던 것 같아. 숲에 사는 모든 동물은 당연히 내가 용감할 거라고 생각해. 원래 사자는 어딜 가나 동물의 왕이라고 불리잖아. 내가 큰 소리로 울부짖으면 모두가 겁을 먹고 달아난다는 걸 알게 되었어. 사람을 만날 때마다 난 엄청 겁이 나. 하지만 사람을 향해 으르렁거리기만 하면 상대

는 전속력으로 달려서 도망치더라고. 만약 코끼리나 호랑이나 곰이 나랑 싸우려
한다면 난 곧바로 도망칠 거야. 난 그만큼 겁쟁이니까. 하지만 내가 으르렁거리는
소리를 듣자마자 다들 나에게서 달아나려고 하지. 물론 나도 그냥 내버려두고."

"하지만 그러면 안 돼. 동물의 왕이 겁쟁이여서는 안 된다고."

허수아비가 말했다.

"나도 알아."

사자가 꼬리 끝으로 눈물을 닦으며 대답했다.

"그게 나의 큰 슬픔이고, 그것 때문에 내 삶도 너무 불행해. 하지만 위험이 닥
칠 때마다 내 심장은 곧바로 콩닥콩닥 뛰기 시작해."

"심장병이 있는 건지도 몰라."

양철 나무꾼이 말했다.

"그럴 수도 있지."

사자가 말했다.

"심장병이 맞다면 기뻐해야 해. 심장을 가지고 있다는 증거니까. 난 심장이 없어서 심장병이 생길 수도 없거든."

양철 나무꾼이 말했다.

"하지만 내게 심장이 없다면 나도 겁쟁이가 되진 않았을 거야."

사자가 조심스레 말했다.

"뇌는 있니?"

허수아비가 물었다.

"있는 것 같아. 한 번도 본 적은 없지만."

사자가 대답했다.

"난 위대한 오즈에게 뇌를 달라고 부탁하러 가는 길이야. 내 머리는 짚으로 가득 차 있거든."

허수아비가 말했다.

"난 심장을 달라고 부탁할 거야."

나무꾼이 말했다.

"난 토토와 함께 캔자스로 보내달라고 부탁할 거야."

도로시가 덧붙였다.

"오즈가 내게 용기를 줄 수도 있을까?"

겁쟁이 사자가 물었다.

"내게 뇌를 줄 수 있다면 그 정도는 쉽게 할 수 있겠지."

허수아비가 말했다.

"내게 심장을 줄 수 있다면."

양철 나무꾼이 말했다.

"날 캔자스로 보내줄 수 있다면."

도로시가 말했다.

"그럼 너희만 괜찮다면 나도 같이 갈래. 이렇게 용기가 없는 삶은 정말 견디기 힘들거든."

사자가 말했다.

"우린 환영이야. 네가 있으면 다른 야생 짐승들이 우리에게 덤비지 못할 테니까. 내가 보기엔 널 보고 쉽게 겁을 먹는 동물들이 너보다 더 겁쟁이일 것 같아."

"실제로 그래. 하지만 그 사실을 안다고 한들 내가 용감해지는 건 아니야. 스스로가 겁쟁이라는 걸 아는 이상 난 불행할 수밖에 없어."

사자가 말했다.

그리하여 친구들은 다시 한 번 여정을 시작했다. 사자는 도로시 옆에서 위풍당당하게 걸었다. 토토는 처음에 이 새 친구를 탐탁지 않아 했다. 하마터면 사자의 커다란 입속에서 으스러뜨려질 뻔한 기억을 잊을 수 없었기 때문이다. 하지만 시간이 지나자 토토도 한결 편안해졌고, 이내 토토와 겁쟁이 사자는 사이좋은 친구가 되었다.

그 후로 온종일 평화로운 여정을 망칠 만한 일은 전혀 일어나지 않았다. 사실 딱 한 번, 양철 나무꾼이 길 위를 기어가는 딱정벌레를 밟아서 그 불쌍한 벌레를 죽인 일이 있었다. 이 일로 양철 나무꾼은 무척 괴로워했다. 그는 살아 있는 생물이라면 그 무엇도 해치지 않으려고 늘 조심했기 때문이다. 그는 걸으며 슬픔과 후회의 눈물을 흘렸다. 그의 눈물은 얼굴을 타고 천천히 흘러 턱관절로 새어 들어갔고, 그 부분을 녹슬게 만들었다. 마침 도로시가 양철 나무꾼에게 질문을 했지만, 턱이 뻣뻣하게 굳어버린 그는 입을 떼지도 못했다. 덜컥 겁이 난 나무꾼은 몸짓으로 도로시에게 도움을 요청했지만 도로시는 그의 몸짓을 이해하지 못했다. 사자 역시 문제가 생겼음을 눈치챘지만 어찌해야 할지 몰라 어리둥절했다. 그러는 중

에 허수아비가 도로시의 바구니에서 기름통을 꺼내 나무꾼의 턱에 기름칠을 해주었다. 잠시 후 나무꾼은 이전처럼 말을 할 수 있게 되었다.

"이 일로 교훈을 얻었어. 내가 걸음을 내딛는 곳을 잘 살펴봐야 한다는 교훈. 만약 또 벌레를 죽인다면 난 역시나 눈물을 흘릴 테고, 그러면 눈물이 내 턱을 녹슬게 해서 말을 할 수 없게 될 거야."

나무꾼이 말했다.

그 후로 그는 땅에 시선을 둔 채 매우 조심스럽게 걸었다. 조그만 개미가 느릿느릿 지나가는 걸 보면 개미가 다치지 않도록 그 위를 넘어서 지나갔다. 양철 나무꾼은 자신에게 심장이 없다는 걸 너무 잘 알고 있기에 다른 이들에게 잔인하거나 불쾌한 일을 하지 않으려고 조심, 또 조심했다.

"심장이 있는 너희는 너희를 인도해줄 무언가를 가지고 있으니 잘못된 행동을 할 일이 없겠지. 하지만 난 심장이 없기 때문에 무척 조심해야 해. 오즈가 내게 심장을 준다면, 물론 나도 지금처럼 신경 쓸 필요가 없을 거야."

Chapter 7

위대한 오즈에게 가는 길

그들은 숲속의 커다란 나무 밑에서 하룻밤 야영을 해야 했다. 주변에 집이 한 채도 없었기 때문이다. 나무가 워낙 크고 가지가 빽빽해서 아침 이슬로부터 그들을 보호해주기 좋았다. 양철 나무꾼이 도끼로 나무를 잔뜩 패 와서, 도로시가 근사한 모닥불을 지폈다. 불이 있으니 따뜻하고 외로움도 덜했다. 도로시와 토토는 마지막 남은 빵을 먹었다. 이제 다음 날 아침엔 뭘 먹어야 할지 감이 오지 않았다.

"네가 원한다면 내가 숲에 가서 사슴을 잡아 올게. 불에 구워 먹으면 돼. 넌 요리한 음식을 더 좋아하는 특이한 입맛을 가지고 있으니까. 그러면 아주 훌륭한 아침 식사를 할 수 있을 거야."

"아니! 제발 그러지 마. 네가 불쌍한 사슴을 죽이면 난 분명히 눈물을 흘릴 거야. 그러면 내 턱은 또 녹슬고 말 거야."

양철 나무꾼이 말했다.

하지만 사자는 숲으로 사라져 자신의 저녁거리를 찾았다. 사자가 말해주지 않아서 뭘 먹었는지는 아무도 알 수 없었다. 허수아비는 호두가 잔뜩 열린 나무를 찾아서 도로시의 바구니를 호두로 가득 채웠다. 덕분에 도로시는 한동안 배고프지 않을 것이다. 도로시는 허수아비가 너무 친절하고 사려 깊다고 생각했다. 하지만 이 바보 같은 허수아비가 호두를 주워 오는 방식이 너무 어색해서 도로시는 배꼽을 잡고 웃을 수밖에 없었다. 짚을 채워 넣은 그의 손은 너무 어설프고 호두는 너무 작아서, 바구니에 넣는 만큼 바닥에 떨어뜨리는 것도 많았다. 하지만 허수아비는 바구니를 채우는 데 시간이 얼마나 걸리든 신경 쓰지 않았다. 안 그래도 불똥이 튀어 자기 몸을 다 태워버릴까 걱정되는 차에, 모닥불에서 멀리 떨어질 수 있었기 때문이다. 허수아비는 계속 모닥불에서 적당한 거리를 유지했다. 바닥에 누워 자는 도로시에게 마른 나뭇잎을 덮어줄 때만 가까이 다가왔다. 나뭇잎은 무척 포근하고 따뜻했기에 도로시는 아침까지 푹 잘 수 있었다.

다음 날, 날이 밝자 도로시는 졸졸 흐르는 시냇물에서 세수를 했다. 그리고 곧바로 다 같이 에메랄드 시로 출발했다.

이날은 일행에게 파란만장한 날이었다. 한 시간도 채 걷지 않았는데 거대한 계곡이 길을 가로막은 것이다. 계곡 때문에 숲이 끊겼다가 저 멀리 건너편에서 다시 이어지고 있었다. 계곡은 폭이 매우 넓었다. 가장자리에 올라서서 내려다보니 그 깊이가 아찔했다. 바닥에는 크고 뾰족뾰족한 바위가 한가득이었다. 양옆은 그 누구도 기어 내려갈 수 없을 정도로 가팔랐다. 순간 이대로 여행이 끝나는 건가 싶었다.

"이제 어떻게 해야 할까?"

도로시가 심각하게 물었다.

"난 정말 하나도 모르겠어."

나무꾼이 말했다. 사자는 텁수룩한 갈기를 흔들며 생각에 잠긴 듯했다.

그런데 허수아비가 말했다.

"우린 날지 못해. 그건 명백한 사실이야. 이 깊은 계곡으로 내려갈 수도 없어. 그러니까 여길 뛰어넘을 수 없다면 여기서 멈출 수밖에 없어."

"난 뛰어넘을 수 있을 것 같아."

겁쟁이 사자가 마음속으로 조용히 거리를 계산하더니 말했다.

"그럼 됐네. 네가 우리를 한 명씩 등에 태워 옮겨주면 되잖아."

허수아비가 말했다.

"좋아, 해볼게. 누가 맨 먼저 갈래?"

사자가 물었다.

"내가 할게. 혹시나 네가 뛰어넘지 못한다면, 도로시는 죽고 말 거야. 양철 나무꾼은 아래에 있는 바위에 부딪혀 심하게 찌그러질 테지. 하지만 난 떨어져도 전혀 다치지 않으니까 상관없을 거야."

허수아비가 말했다.

"나 역시 떨어질까봐 엄청 무서워. 하지만 시도해보는 수밖에 없는 것 같아. 그러니 내 등에 올라타. 같이 한번 해보자."

겁쟁이 사자가 말했다.

허수아비가 사자의 등에 올라타자, 커다란 짐승은 계곡 가장자리로 걸어가 몸을 웅크렸다.

"왜 달려와서 뛰어넘지 않고?"

허수아비가 물었다.

"그건 우리 사자들의 방식이 아니거든."

사자가 대답했다. 그러더니 사자는 풀쩍 뛰어서 하늘을 가로질러 반대편에 무사히 착지했다. 너무나 쉽게 성공하는 모습을 보자 모두가 대단히 기뻐했다. 허수아비가 등에서 내리자 사자는 다시 계곡을 건너왔다.

도로시는 이제 자기 차례라고 생각했다. 그래서 토토를 품에 안고 사자의 등에 올라탄 뒤, 한 손으로 갈기를 꽉 잡았다. 다음 순간 도로시는 하늘을 나는 것만 같았고, 그런 생각을 제대로 하기도 전에 건너편에 안전하게 도착했다. 사자는

다시 건너뛰어 세 번째로 양철 나무꾼을 데려왔고, 마침내 사자가 조금 쉴 수 있도록 모두 바닥에 앉아 기다렸다. 여러 차례 멀리뛰기를 한 탓에 사자는 숨이 가빴고, 한참 동안 달린 큰 개처럼 헥헥거렸다.

계곡을 건넌 그들은 어둡고 우울해 보이는 울창한 숲을 발견했다. 그사이 사자는 휴식을 끝냈기에 그들은 다시 노란 벽돌 길을 따라 걷기 시작했다. 이 숲의 끝에 다다르면 무엇이 나올지, 다시 밝은 햇빛이 비추고 있을지 각자 궁금한 마음을 품은 채로. 그런데 얼마 지나지 않아 불안하게도 숲속 깊은 곳에서 이상한 소리가 들려왔다. 사자는 이곳이 칼리다가 사는 곳이라고 속삭였다.

"칼리다가 뭔데?"

도로시가 물었다.

"몸은 곰 같고 머리는 호랑이 같은 무시무시한 괴물이야. 발톱은 어찌나 길고 날카로운지 내가 토토를 죽이는 것만큼 손쉽게 날 반 토막 낼 수 있지."

사자가 대답했다.

"네가 무서워할 만도 하구나. 정말로 엄청 끔찍한 짐승인가 봐."

도로시가 말했다.

사자가 또 대꾸하려는데 그들 앞에 길을 가로지르는 깊은 계곡이 또 하나 나타났다. 이번 계곡은 너무 넓고 깊어서 사자는 자신이 이 계곡을 뛰어넘을 수 없다는 걸 단번에 알아챘다.

그리하여 그들은 바닥에 앉아 어떻게 해야 할지 고민했다. 한참 심각하게 생각하던 허수아비가 말했다.

"계곡 가까이에 커다란 나무가 있어. 양철 나무꾼이 그 나무를 찍어 건너편으로 넘어뜨리면 우리 모두 쉽게 건너갈 수 있지 않을까?"

"그거 정말 좋은 생각이다. 네 머리에 짚 대신 뇌가 있다고 의심할 수도 있겠

는걸."

사자가 말했다.

나무꾼은 곧바로 작업에 돌입했다. 도끼가 워낙 날카로워서 나무는 금방 거의 다 베어졌다. 그러자 사자가 힘센 앞다리를 나무에 갖다 대고는 있는 힘껏 밀었다. 커다란 나무는 계곡을 가로질러 천천히 쓰러졌고 쿵 소리와 함께 나무 꼭대기의 가지들이 건너편에 안착했다.

그들이 신기한 다리를 막 건너기 시작하는데 날카로운 울음소리가 들려왔다. 다들 고개를 들어보니 놀랍게도 몸은 곰 같고 머리는 호랑이 같은 거대한 짐승 두 마리가 그들을 향해 달려오고 있었다.

"저게 칼리다야."

겁쟁이 사자가 벌벌 떨기 시작했다.

"서둘러! 빨리 여길 건너가야 해."

허수아비가 말했다.

토토를 안은 도로시가 맨 처음 건너편에 도착했다. 그 뒤엔 양철 나무꾼이, 그 다음엔 허수아비가 따라갔다. 사자는 분명히 겁을 먹었으면서도 칼리다를 향해 고개를 돌리고는 엄청나게 크고 무시무시한 소리를 내질렀다. 도로시는 놀라서 비명을 지르고 허수아비는 뒤로 나자빠졌다. 사나운 짐승들도 우뚝 멈춰 서서 놀란 얼굴로 사자를 바라보았다.

하지만 자신들이 사자보다 덩치가 크고, 사자는 혼자이지만 자기네는 둘이라는 사실을 깨달은 칼리다는 다시 덤벼들기 시작했다. 사자는 얼른 나무다리를 건넌 뒤 이다음에 어떻게 해야 할지 확인하기 위해 뒤를 돌아보았다. 사나운 짐승들 역시 조금도 망설이지 않고 나무다리를 건너기 시작했다. 그러자 사자가 도로시에게 말했다.

"우리가 졌어. 저놈들은 날카로운 발톱으로 우리를 갈기갈기 찢어놓을 거야. 내 뒤에 바짝 붙어. 일단 내가 살아 있는 한 열심히 싸워볼 테니까."

"잠깐만!"

허수아비가 외쳤다. 어떤 방법이 최선일지 줄곧 고민한 허수아비는 계곡에 걸쳐 있는 나무다리의 이쪽 끝을 베어달라고 나무꾼에게 부탁했다. 양철 나무꾼은 곧장 도끼질을 시작했다. 칼리다 두 마리가 다리를 거의 다 건너왔을 즈음, 나무는 사납게 으르렁대는 못생긴 짐승 두 마리와 함께 깊은 계곡으로 떨어져 내렸다. 짐승들은 바닥에 있는 날카로운 바위에 부딪혀 산산조각 났다.

겁쟁이 사자가 안도의 한숨을 길게 내쉬며 말했다.

"휴, 정말 다행이야. 죽는다는 건 정말 엄청나게 끔찍한 일일 테니까. 저놈들 때문에 얼마나 겁이 났는지 아직도 심장이 두근거려."

"아, 나한테도 두근거리는 심장이 있으면 좋겠다."

양철 나무꾼이 슬픈 목소리로 말했다.

칼리다와 맞닥뜨려 한바탕 소동을 겪고 나자 도로시와 친구들은 좀 더 빨리 숲을 빠져나가고 싶어졌다. 서둘러 걷다 보니 도로시는 금세 지쳐버렸고 결국 사자의 등에 올라탈 수밖에 없었다. 너무나 반갑게도 갈수록 나무가 점점 듬성듬성해졌고, 오후가 되었을 때는 세차게 흐르는 넓은 강을 만나게 되었다. 강 건너편을 보니 노란 벽돌 길이 아름다운 풍경 속에 펼쳐져 있었다. 초록 풀밭에는 띄엄띄엄 화사한 꽃이 피어 있고 길가의 나무에는 맛있는 과일이 주렁주렁 달려 있었다. 눈앞에 펼쳐진 기분 좋은 광경에 모두가 너무 기뻐했다.

"강은 어떻게 건너지?"

도로시가 물었다.

"그건 쉽게 해결할 수 있지. 양철 나무꾼이 뗏목을 만들어주면, 그걸 타고 건너면 되니까."

허수아비가 말했다.

그리하여 나무꾼은 도끼를 들고 뗏목을 만들 작은 나무들을 베기 시작했다. 나무꾼이 바쁘게 일하는 사이, 허수아비는 강둑에서 보기 좋은 과일이 잔뜩 매달린 나무를 찾아냈다. 호두 말고는 온종일 아무것도 먹지 못한 도로시는 무척이나 기뻐하면서 잘 익은 과일로 배불리 식사했다.

뗏목을 만드는 데는 시간이 오래 걸렸다. 양철 나무꾼이 지치지도 않고 열심히 일했지만 어두워지기 전까지 일을 끝내지 못했다. 그래서 그들은 나무 아래 아늑한 장소를 찾아 아침까지 잠을 자기로 했다. 도로시는 꿈을 꾸었다. 에메랄드 시에서 위대한 마법사 오즈가 자신을 집으로 돌려보내주는 꿈을.

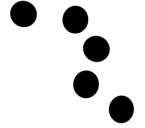

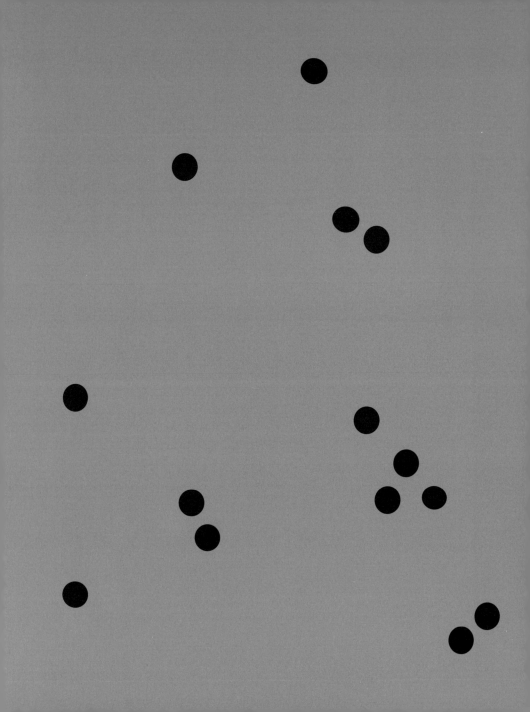

Chapter 8

죽음의 양귀비 꽃밭

우리의 작은 여행자 일행은 다음 날 아침 희망에 가득 찬 상쾌한 상태로 잠에서 깼다. 도로시는 강 근처 나무에서 딴 복숭아와 자두로 공주처럼 아침 식사를 했다. 뒤쪽으로는 수많은 좌절을 겪긴 했지만 그래도 안전하게 통과한 어두운 숲이 보였다. 하지만 앞쪽에는 에메랄드 시로 그들을 손짓하는 듯한 아름답고 화창한 풍경이 있었다.

물론 넓은 강이 이 아름다운 땅을 가로막고 있긴 했다. 하지만 뗏목이 거의 완성되어가고 있었다. 양철 나무꾼이 나무를 더 베어와 나무못으로 고정시키자, 다시 출발할 준비가 되었다. 도로시는 뗏목 한가운데에 앉아 토토를 품에 안았다. 덩치 크고 무거운 겁쟁이 사자가 뗏목 위에 오르자 뗏목이 크게 기우뚱했지만, 허수아비와 양철 나무꾼이 건너편으로 가서 균형을 잡았다. 그들은 기다란 장대를 손에 들고 뗏목을 물속으로 밀었다.

처음엔 별문제가 없었다. 하지만 강 한가운데에 이르자 빠른 물살 때문에 뗏목이 하류로 떠밀려, 노란 벽돌 길에서부터 점점 멀어졌다.

물이 너무 깊어져 기다란 장대가 강바닥에 닿지도 않았다.

"이러면 곤란한데. 빨리 강을 건너지 않으면 사악한 서쪽 마녀의 땅까지 흘러가게 될 거야. 마녀는 마법을 걸어 우릴 노예로 삼겠지."

양철 나무꾼이 말했다.

"그러면 난 뇌를 가질 수 없게 될 텐데."

허수아비가 말했다.

"그러면 난 용기를 가질 수 없게 될 텐데."

겁쟁이 사자가 말했다.

"그러면 난 심장을 가질 수 없게 될 텐데."

양철 나무꾼이 말했다.

"그러면 난 캔자스로 돌아가지 못할 텐데."

도로시가 말했다.

"우린 반드시 에메랄드 시로 가야 해."

허수아비는 그렇게 말하며 장대로 노를 저었다. 하지만 장대는 강바닥의 진흙에 박히고 말았다. 허수아비가 장대를 다시 뽑거나 아예 손을 놓아버리기도 전에 뗏목은 거센 물살에 휩쓸렸고, 불쌍한 허수아비는 강 한가운데에서 장대에 매달려 있게 되었다.

"잘 가!"

허수아비는 친구들에게 외쳤고, 그들은 허수아비만 남기고 가는 게 너무 안타까웠다. 실제로 양철 나무꾼은 울기 시작했는데, 그랬다가는 녹슬 수도 있다는 사실을 다행히도 금세 깨닫고 도로시의 앞치마에 눈물을 닦았다.

허수아비로서는 이게 보통 일이 아니었다.

"도로시를 처음 만났을 때보다 지금이 더 나빠졌어. 그때는 옥수수밭 장대에 매달려 있었기에, 어쨌든 까마귀를 쫓는다는 명분은 있었지. 하지만 강 한가운데의 장대에 매달려 있는 허수아비가 도대체 무슨 소용이람. 이러다 결국 뇌를 가지지 못할까봐 두렵기도 해!"

뗏목은 계속 하류로 떠내려갔고, 불쌍한 허수아비는 머나먼 곳에 혼자 남게 되었다. 그때 사자가 말했다.

"살아남기 위해선 뭐라도 해야 해. 내가 뗏목을 끌고 강변까지 헤엄을 치면 될 것 같아. 너희는 내 꼬리만 꽉 잡고 있으면 돼."

사자는 곧바로 물에 뛰어들었고, 양철 나무꾼이 얼른 사자의 꼬리를 잡았다. 그리고 사자는 온 힘을 다해 물가로 헤엄치기 시작했다. 아무리 덩치가 큰 사자라도 정말 힘든 일이었다. 하지만 그들은 조금씩 거센 물살에서 빠져나오고 있었다. 도로시는 양철 나무꾼의 장대를 들고 뗏목이 물가 쪽으로 향하도록 힘을 보탰다.

마침내 그들은 완전히 기진맥진한 상태로 물가에 다다랐다. 그들은 예쁜 초록 풀밭으로 걸어 올라갔다. 그리고 에메랄드 시로 가는 노란 벽돌 길에서부터 멀리까지 휩쓸려 내려왔다는 걸 알 수 있었다.

사자가 풀밭에 누워 햇볕에 몸을 말리는 동안 양철 나무꾼이 물었다.

"이젠 어떡하지?"

"어떻게든 그 길로 돌아가야지."

도로시가 말했다.

"제일 좋은 방법은 다시 길이 나올 때까지 강둑을 따라 걸어가는 거야."

사자가 말했다.

그렇게 휴식이 끝난 뒤, 도로시는 바구니를 집어 들었고 다 같이 풀로 뒤덮인 강둑을 따라 걷기 시작했다. 강물에 떠밀려 내려오기 전 출발했던 그 길로. 많은 꽃과 과일나무, 그리고 햇빛이 그들을 반갑게 맞이하는 아름다운 곳이었다. 불쌍

한 허수아비 때문에 안타까운 마음만 없다면 너무나 행복할 것 같았다.

도로시가 예쁜 꽃을 꺾으려고 잠시 멈추었을 뿐, 다들 최대한 빨리 길을 걸었다. 잠시 후 양철 나무꾼이 소리쳤다.

"저길 봐!"

모두들 강 쪽으로 고개를 돌렸다. 허수아비가 너무나 외롭고 슬픈 모습으로 강 한가운데의 장대에 매달려 있었다.

"허수아비를 구하려면 어떻게 해야 할까?"

도로시가 물었다.

사자와 나무꾼은 어떻게 해야 할지 몰라 같이 고개를 저었다. 그렇게 강둑에 앉아 허수아비를 안타깝게 바라보고 있는데, 지나가던 황새가 그들을 보자마자 물가에 내려앉았다.

"너희는 누구야, 또 어디로 가는 거야?"

황새가 물었다.

"난 도로시야. 그리고 얘들은 내 친구, 양철 나무꾼과 겁쟁이 사자야. 우린 에메랄드 시로 가고 있어."

소녀가 대답했다.

"여긴 길이 아닌걸."

황새는 그렇게 말하며 긴 목을 비틀어 수상한 무리를 매섭게 쳐다보았다.

"길이 아닌 건 나도 알아. 그렇지만 허수아비를 놓쳐서 그래. 허수아비를 어떻게 다시 데려올지 고민하는 중이야."

도로시가 말했다.

"허수아비가 어디 있는데?"

황새가 물었다.

"바로 저기 강에."

소녀가 대답했다.

"너무 무겁거나 크지만 않으면 내가 데려올 수도 있어."

황새가 말했다.

"전혀 무겁지 않아. 지푸라기로 채워져 있거든. 만약 네가 허수아비를 데려다 준다면 우리가 정말 진심으로 고마워할 거야."

"흠, 한번 해볼게. 하지만 내가 들기에 너무 무거우면 강에 다시 떨어뜨릴지도 몰라."

황새가 말했다.

그리하여 커다란 새는 공중으로 날아올라 허수아비가 매달려 있는 장대 쪽으로 갔다. 황새는 커다란 발톱으로 허수아비의 팔을 잡더니 그를 들고 도로시와 사자, 양철 나무꾼, 토토가 앉아 있는 강둑으로 데려다주었다.

친구들을 다시 만난 허수아비는 너무 기뻐하면서, 사자와 토토까지 일일이 포옹을 했다. 다 같이 걸어가면서 허수아비는 발걸음을 내디딜 때마다 '룰루랄라!' 노래를 불렀다. 너무나 흥겨운 기분이었다.

"평생토록 강에 있어야 하는 줄 알고 너무 무서웠어. 하지만 친절한 황새가 날 구해주다니, 내가 뇌를 갖게 된다면 황새를 찾아가 은혜를 갚을 거야."

허수아비가 말했다.

"괜찮아. 난 위험에 빠진 사람은 누구라도 돕고 살거든. 그럼 이만 가봐야겠어. 아기들이 둥지에서 날 기다리고 있거든. 다들 에메랄드 시를 꼭 찾아서 오즈의 도움을 받길 바랄게."

황새가 말했다.

"고마워."

도로시가 대꾸하자 친절한 황새는 하늘로 날아올라 곧 시야에서 사라져버렸다.

그들은 알록달록한 새들의 노랫소리를 들으며, 마치 양탄자로 뒤덮인 듯 무성하게 자란 아름다운 꽃을 보며 길을 걸었다. 노란색, 흰색, 파란색, 보라색을 띤 커다란 꽃들이 있고 진홍색 양귀비꽃이 군락을 이룬 곳도 있었다. 양귀비꽃은 색이 너무나 화려해서 눈이 부실 정도였다.

"정말 예쁘지 않니?"

도로시가 생기 넘치는 꽃의 톡 쏘는 향을 들이마시며 물었다.

"그런 것 같네. 나에게 뇌가 생긴다면 아마 이 꽃을 더 좋아하게 될 거야."

허수아비가 대답했다.

"나에게 심장이 있다면 나도 이 꽃을 사랑하겠지."

양철 나무꾼이 덧붙였다.

"난 언제나 꽃을 좋아했어. 꽃은 너무나 무력하고 약해 보이지. 하지만 숲에서 꽃만큼 화려한 건 없어."

사자가 말했다.

갈수록 양귀비꽃은 엄청나게 늘어나고 다른 꽃들은 점점 줄어들었다. 곧 그들은 자신들이 양귀비 들판 한가운데에 있음을 알게 되었다. 양귀비꽃이 한데 많이 모여 있으면 그 향이 너무 강력해서 냄새를 들이마시는 사람 누구라도 잠에 빠져든다는 이야기는 이미 잘 알려져 있다. 잠든 사람을 꽃향기가 나는 곳에서 다른 곳으로 옮기지 않으면 영영 잠을 자고 만다. 하지만 도로시는 그런 사실을 알지 못했고, 사방에 가득한 화려하고 붉은 꽃으로부터 빠져나갈 수도 없었다. 이내 도로시의 눈꺼풀은 점점 무거워졌고 얼른 주저앉아서 자고 싶다는 느낌을 받았다.

하지만 양철 나무꾼은 도로시가 그렇게 되도록 놓아둘 수 없었다.

"어두워지기 전에 서둘러 노란 벽돌 길로 돌아가야 해."

나무꾼이 말했고, 허수아비도 그 말에 동의했다. 그리하여 다시 길을 가는데, 도로시는 더 이상 서 있을 수 없는 상태가 되었다. 도로시는 자기도 모르게 눈이 자꾸 감겼고 지금 어디에 있는지도 잊은 채 양귀비꽃 사이에 쓰러져 잠이 들고 말았다.

"이제 어떡해야 하지?"

양철 나무꾼이 물었다.

"도로시를 이대로 두었다간 죽고 말 거야. 꽃향기가 우리 모두를 해치고 있어. 나 역시 눈을 뜨고 있기 힘들고 강아지는 벌써 잠이 들었어."

사자가 말했다.

사실이었다. 토토는 이미 도로시 옆에 쓰러져 있었다. 하지만 진짜 살로 이루어지지 않은 허수아비와 양철 나무꾼은 꽃향기에 아무런 영향을 받지 않았다.

허수아비가 사자에게 말했다.

"빨리 달려. 가능한 한 빨리 이 치명적인 꽃에서 벗어나. 도로시는 우리가 데리고 가면 되지만, 네가 잠들어버리면 너무 커서 옮길 수가 없거든."

그리하여 사자는 정신을 차리고 전속력으로 달려나갔다. 순식간에 그는 시야에서 사라졌다.

"우리 손으로 의자를 만들어 도로시를 옮기자."

허수아비가 말했다. 그들은 토토를 들어 도로시의 무릎 위에 놓았다. 그러고는 서로의 팔과 팔을 엮어 의자를 만든 뒤 잠든 소녀를 앉히고 꽃들 사이를 빠져나갔다.

계속해서 걸었지만 치명적인 양귀비 꽃밭은 끝날 기미가 보이지 않았다. 그들은 구불구불 강을 따라가다가 마침내 양귀비꽃 사이에서 쓰러져 자고 있는 친구 사자를 발견했다. 꽃향기가 어찌나 강력한지 이 거대한 동물마저 끝내 포기하고 쓰러져 있었다. 조금만 더 가면 양귀비 꽃밭이 끝나고 아름다운 초록 풀밭이 펼쳐져 있는데 말이다.

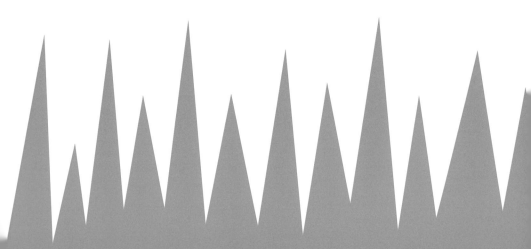

죽음의 양귀비 꽃밭

"사자를 위해 우리가 해줄 수 있는 게 없어. 사자는 너무 무거워서 우리가 옮기지 못해. 사자가 영영 잠들도록 여기에 내버려둬야 하다니. 어쩌면 꿈속에서나마 마침내 용기를 얻을지도 모르겠지만."

"안타깝군. 사자는 비록 겁쟁이였지만 참 좋은 친구였어. 하지만 우린 계속 길을 갈 수밖에."

그들은 잠든 도로시를 강가로 옮겼다. 더 이상 꽃의 독성을 들이마시지 못하도록 양귀비 꽃밭에서 멀리 떨어진 곳을 선택했다. 그들은 부드러운 풀밭에 소녀를 얌전히 내려놓고 신선한 바람이 그녀를 깨울 때까지 기다렸다.

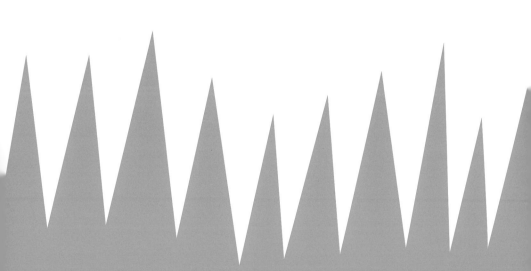

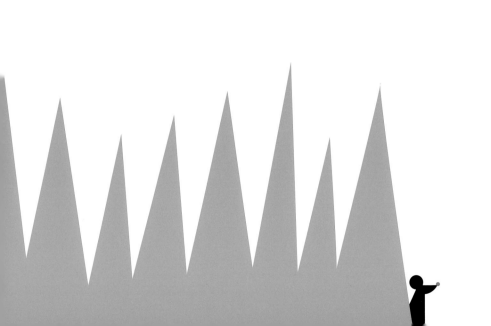

Chapter 9

들쥐의
여왕

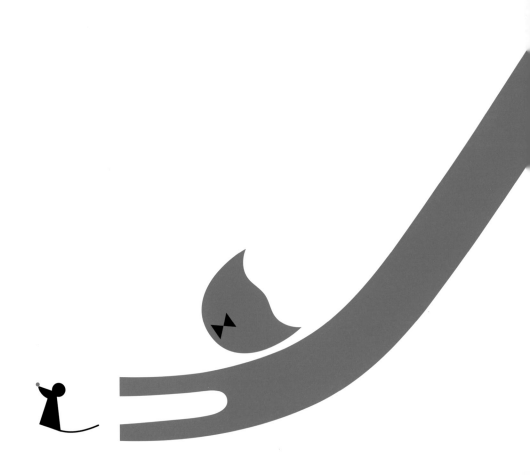

"이제 노란 벽돌 길까지 멀지 않은 것 같아. 우리가 처음 강물에 떠내려가기 시작한 곳에 거의 다 온 것 같거든."

허수아비가 도로시 옆에 서서 말했다.

양철 나무꾼이 뭔가 대답을 하려는데 낮게 으르렁거리는 소리가 들렸다. 나무꾼이 고개를 돌리니(머리 경첩 부분은 훌륭할 정도로 잘 돌아갔다) 수상한 짐승이 풀밭을 달려오는 게 보였다. 그것은 커다랗고 노란 살쾡이였는데, 나무꾼은 보자마자 살쾡이가 무언가를 쫓고 있는 게 분명하다고 생각했다. 귀는 머리에 바짝 붙이고 못생긴 이빨이 다 보일 정도로 입은 쩍 벌리고 눈은 불덩이처럼 빨갛게 빛나고 있었기 때문이다. 살쾡이가 가까이 오자 양철 나무꾼은 살쾡이 앞에서 달리고 있는 조그만 회색 들쥐를 발견했다. 나무꾼은 비록 심장이 없지만 살쾡이가 저리도 작고 무해한 짐승을 죽이려 한다는 게 잘못된 일임은 알 수 있었다.

그리하여 나무꾼은 도끼를 높이 들었다. 그리고 살쾡이가 옆을 지나가는 순간 도끼를 재빨리 휘둘러 살쾡이의 목을 내리쳤다. 두 동

오즈의 마법사

강이 난 살쾡이는 나무꾼의 발 앞으로 굴러떨어졌다.

이제 적에게서 벗어난 들쥐는 갑자기 멈춰서 나무꾼에게로 천천히 다가오더니 찍찍거리는 작은 목소리로 말했다.

"오, 고맙다! 내 목숨을 구해줘서 얼마나 고마운지 몰라."

"그런 말 마. 난 심장이 없어서 친구가 필요할지도 모르는 이들을 도와주려고 조심하면서 살고 있어. 비록 겨우 생쥐 한 마리라도 말이야."

"겨우 생쥐 한 마리라고!"

조그만 생쥐가 버럭 화를 냈다.

"나는 여왕, 들쥐의 여왕이거늘!"

"아, 그랬군요."

나무꾼은 얼른 고개를 숙였다.

"너는 내 생명을 구했으니 용감할 뿐만 아니라 대단한 일을 한 거다."

여왕이 말했다.

바로 그때 여러 마리의 생쥐가 짧은 다리로 최대한 서둘러 달려오는 게 보였다. 그들은 여왕을 발견하자 큰 소리로 외쳤다.

"여왕 폐하, 돌아가신 줄 알았습니다! 커다란 살쾡이를 무슨 수로 피하신 겁니까?"

그들은 거의 물구나무를 선 것처럼 여왕 앞에서 고개를 깊이 숙였다.

"여기 재미있는 양철 인간이 살쾡이를 죽이고 내 목숨을 구해주었어. 그러니 이제부터 너희는 이분을 섬기도록 해라. 아주 사소한 명령에도 복종해야 해."

"그러겠습니다!"

생쥐들이 소리 높여 외쳤다. 그때 잠들어 있던 토토가 깨어났다. 토토는 주변에 생쥐들이 있는 걸 발견하자마자 신나게 짖더니 생쥐들이 모여 있는 곳 한가운

118

데로 풀쩍 뛰어들었다. 역시나 생쥐들은 사방으로 잽싸게 흩어졌다. 토토는 원래 캔자스에 살 때부터 생쥐를 쫓는 걸 무척 좋아했고 그것이 잘못된 일이라고 전혀 생각지 않았다.

하지만 양철 나무꾼은 개를 품에 꽉 안고 생쥐들에게 소리쳤다.

"돌아오세요! 다시 돌아오세요! 토토는 여러분을 해치지 않아요."

나무꾼의 말에 생쥐 여왕이 풀포기 밑에서 고개를 내밀더니 겁먹은 목소리로 물었다.

"정말 안 무는 거 확실해?"

"제가 그럴 일이 없도록 할게요. 그러니 겁먹지 마세요."

나무꾼이 말했다.

생쥐들이 한 마리, 한 마리 다시 나타났다. 토토는 비록 나무꾼의 품에서 벗어나려고 발버둥을 치고, 나무꾼이 양철로 만들어졌다는 사실을 모른 채 물려고 했지만, 다행히 시끄럽게 짖지는 않았다. 마침내 가장 큰 생쥐가 입을 열었다.

"우리 여왕님의 목숨을 구해준 대가로 우리가 해줄 수 있는 일은 없을까요?"

"내가 아는 한 아무것도 없어요."

나무꾼이 대답했다. 하지만 계속 생각을 하려고 노력했지만 머리가 짚으로 차 있어서 아무것도 생각할 수 없었던 허수아비가 얼른 말했다.

"아, 있어요. 양귀비 꽃밭에서 자고 있는 우리 친구, 겁쟁이 사자를 구해주시면 되겠네요."

"사자라니! 사자는 우릴 모두 먹어 치울 거야."

작은 여왕이 소리쳤다.

"아, 아니에요. 이 사자는 겁쟁이거든요."

허수아비가 말했다.

"정말인가요?"

생쥐가 물었다.

"자기가 그렇다고 했어요. 그리고 그는 우리 친구만큼은 절대 해치지 않을 거예요. 여러분이 그를 구하는 걸 도와주신다면, 그도 여러분 모두를 친절하게 대할 거예요."

"잘 알겠어. 너희를 믿어보지. 우리가 어떻게 하면 되지?"

여왕이 물었다.

"당신을 여왕이라고 부르며 복종하는 생쥐가 몇 마리나 있나요?"

"아, 수천 마리는 되지."

여왕이 대답했다.

"그럼 최대한 빨리 그들을 불러모아주세요. 다들 긴 끈을 가져오라 하시고요."

여왕은 시중을 드는 생쥐를 향해, 당장 가서 모두를 불러오라고 명령했다. 생쥐들은 명령을 듣자마자 최대한 빠르게 사방으로 달려나갔다.

허수아비가 양철 나무꾼에게 말했다.

"자, 이제 넌 강가 숲으로 가서 사자를 옮길 수레를 만들어."

나무꾼은 당장 숲으로 가서 작업을 하기 시작했다. 그는 나뭇가지에 붙은 이파리와 잔가지를 잘라내고 그것들을 나무못으로 고정한 뒤 커다란 나무둥치를 짧게 잘라 바퀴 네 개를 만들었다. 나무꾼이 빠르고도 솜씨 좋게 작업한 끝에, 생쥐들이 도착하기 시작할 무렵 수레가 완성되었다.

생쥐들은 사방팔방에서 나타났고 수천 마리는 되어 보였다. 큰 생쥐, 작은 생쥐, 중간 크기의 생쥐 등 모두가 입에 긴 끈을 하나씩 물고 있었다. 때마침 도로시가 긴 잠에서 깨어나 눈을 떴다. 도로시는 자신을 쳐다보고 있는 수천 마리의 생쥐에 둘러싸인 채 풀밭에 누워 있었다는 사실에 큰 충격을 받았다. 하지만 허수아비가 그동안 있었던 일을 모두 설명해준 뒤, 위엄 있어 보이는 작은 생쥐에게 말했다.

"여왕 폐하, 이 친구를 소개해드려도 괜찮을까요."

도로시는 진지하게 고개를 숙여 인사했고, 여왕도 무릎을 살짝 굽혀 인사했다. 그리고 잠시 후 여왕은 도로시와 꽤나 친해졌다.

허수아비와 나무꾼은 이제 생쥐들이 가져온 끈을 하나씩 수레에 묶기 시작했다. 끈의 한쪽 끝은 생쥐의 목에 묶고 다른 쪽 끝은 수레에 묶었다. 당연히 수레는 생쥐보다 천배는 더 컸다. 하지만 그곳에 모인 모든 생쥐가 끈을 묶어 당기자 수레는 제법 쉽게 끌렸다. 심지어 허수아비와 양철 나무꾼이 수레 위에 앉아 있어도 가능했다. 기이한 작은 말들은 사자가 잠들어 있는 곳으로 재빨리 수레를 끌고 갔다.

사자가 워낙 무거운 탓에 모두가 엄청나게 애쓴 후에야 사자를 수레 위로 옮길 수 있었다. 잠시 후 여왕은 서둘러 출발하라는 명령을 내렸다. 양귀비 꽃밭에 잠시라도 더 머물렀다가는 모두 잠이 들어버릴까 걱정되었기 때문이다.

처음엔 수레가 꿈쩍도 하지 않았다. 이 조그만 생쥐의 수가 아무리 많다 한들 역부족인 듯했다. 하지만 나무꾼과 허수아비가 뒤에서 동시에 밀자 조금씩 움직이기 시작했다. 그들은 얼마 지나지 않아 사자를 끌고 양귀비 꽃밭을 지나 초록 풀밭으로 나왔다. 이제 사자도 독한 꽃향기 대신 달콤하고 신선한 공기를 마실 수 있게 되었다.

도로시는 작은 생쥐들을 맞아주며, 죽을 뻔한 친구를 구해준 것에 대해 깊은 감사의 마음을 전했다. 커다란 사자가 점점 좋아졌던 도로시는 사자가 구출된 게 정말 반가웠다.

이제 생쥐들은 수레와 연결된 끈을 풀고 풀밭으로 흩어져 각자의 집으로 돌아갔다. 생쥐 여왕이 마지막까지 남아 있다가 말했다.

"우리 도움이 또 필요하면 들판으로 와서 우릴 부르도록 해. 우리가 그 소리를 듣고 도와주러 올 테니까. 그럼 안녕!"

"안녕!"

모두들 인사하자 여왕은 달려갔다. 도로시는 토토가 여왕을 쫓아가 그녀를 놀라게 하지 않도록 토토를 품에 꼭 안았다.

그 후 그들은 사자가 깨어날 때까지 그 옆에 앉아 있었다. 허수아비는 근처 나무에서 딴 과일을 도로시에게 주었고, 도로시는 저녁으로 그 과일을 먹었다.

Chapter 10

문지기

겁쟁이 사자가 깨어나기까지는 시간이 좀 걸렸다. 양귀비꽃 틈에 누워서 너무 오랫동안 치명적인 꽃향기를 들이마셨기 때문이다. 하지만 마침내 눈을 뜬 사자는 수레에서 내려와 자신이 아직 살아 있다는 사실을 무척이나 기뻐했다.

"최대한 빨리 달렸지만 꽃향기가 너무 강력했던 거지."

사자가 앉아서 하품을 하며 말했다.

"그건 그렇고 날 어떻게 데리고 나온 거야?"

친구들은 친절한 들쥐들이 죽을 뻔한 사자를 구해준 이야기를 해주었다. 겁쟁이 사자는 이야기를 듣더니 웃으며 말했다.

"난 늘 내가 엄청나게 크고 위협적이라고 생각했는데, 꽃처럼 작은 것들이 날 죽일 뻔하고, 또 생쥐처럼 작은 동물들이 내 목숨을 구해주었구나. 얼마나 신기한 일이야! 자, 친구들, 이제 우린 뭘 해야 하는 거지?"

"다시 노란 벽돌 길을 찾을 때까지 여행을 계속해야지. 그래야 에메랄드 시에 갈 수 있으니까."

도로시가 말했다.

사자가 완전히 회복해서 제 모습으로 돌아오자, 모두들 다시 여정을 시작했다. 부드럽고 싱싱한 풀밭을 걸으니 너무나 즐거웠다. 머지않아 그들은 노란 벽돌 길에 다다랐고, 위대한 오즈가 살고 있는 에메랄드 시를 향해 방향을 틀었다.

길은 잘 포장되어 있어 매끈했고 주변도 너무 아름다웠다. 여행자들은 숲에서 한참 벗어난 것이 기뻤다. 어둑어둑한 그늘에서 맞닥뜨렸던 수많은 위험에서 벗어난 것 역시 기뻤다. 다시 길가에 세워져 있는 울타리가 보였다. 다만 이번엔 초록색으로 칠해져 있었다. 분명히 농부가 살고 있을 법한 작은 집 역시 초록색이었다. 그들은 오후 동안 그런 집을 여러 채 지나쳤다. 때로는 사람들이 창가로 다가와 뭔가 질문을 하려는 표정으로 그들을 바라보았다. 하지만 가까이 다가오거나 말을 거는 이는 없었다. 사람들이 너무 무서워하는 커다란 사자 때문이었다. 사람들은 모두 사랑스러운 에메랄드빛 녹색 옷을 입었고 먼치킨들처럼 뾰족한 모자를 쓰고 있었다.

"여긴 오즈의 나라가 틀림없어. 에메랄드 시에 가까워지고 있는 거야."

도로시가 말했다.

"맞아. 여긴 모든 게 초록색이야. 먼치킨의 나라에서는 파란색이 가장 인기 있는 색이었는데 말이야. 그런데 이곳 사람들은 먼치킨들처럼 친절해 보이진 않는 것 같아. 하룻밤 묵을 곳을 찾지 못할까봐 걱정돼."

허수아비가 말했다.

"난 과일 말고 다른 걸 먹고 싶어. 토토도 엄청 배고플 거야. 다음에 집이 나오면 들러서 사람들에게 말을 걸어보자."

도로시가 말했다.

그리하여 커다란 농가를 만난 도로시는 대담하게 문으로 다가가 노크를 했다.

한 아주머니가 밖을 겨우 내다볼 수 있을 정도로만 문을 빼꼼 열더니 말했다.

"원하는 게 뭐야, 꼬맹아. 그리고 저 커다란 사자는 왜 같이 있는 거야?"

"허락해주신다면 여기서 하룻밤 묵고 싶어요. 그리고 사자는 우리 친구이자 동료예요. 무슨 일이 있어도 당신을 해치지 않을 거랍니다."

도로시가 대답했다.

"길들인 거야?"

여자가 문을 조금 더 열고 물었다.

"아, 그럼요. 그리고 이 사자는 엄청난 겁쟁이예요. 아주머니가 사자를 무서워하는 것보다 사자가 아주머니를 더 무서워할걸요."

도로시가 말했다.

아주머니는 잠시 생각하더니 사자를 한 번 더 훔쳐보았다.

"좋아, 들어오면 내가 저녁밥과 잘 곳을 마련해주지."

그리하여 그들은 집 안으로 들어갔다. 그곳에는 아주머니 말고도 아이 두 명과 아저씨가 있었다. 아저씨는 다리를 다쳐 구석에 있는 소파에 누워 있었다. 다들 수상한 친구들을 보고 상당히 놀란 눈치였다. 아주머니가 바쁘게 식탁을 차리는 동안 아저씨가 물었다.

"너희는 모두 어디로 가는 중이니?"

"에메랄드 시에 가요. 위대한 오즈를 만나러요."

도로시가 말했다.

"오, 세상에! 오즈가 너희를 만나줄 거라고 생각해?"

아저씨가 소리쳤다.

"왜 못 만나는데요?"

도로시가 물었다.

"오즈는 자기가 사는 곳에 그 누구도 들이지 않는다고 들었거든. 나도 에메랄드 시에는 여러 번 가봤어. 아름답고 멋진 곳이지. 하지만 위대한 오즈를 만나는 건 한 번도 허락을 받은 적이 없어. 누군가가 그를 만났다는 이야기를 들은 적도 없단다."

"오즈는 밖에 나오지 않나요?"

허수아비가 물었다.

"절대 안 나와. 매일같이 궁전에 있는 커다란 알현실에 앉아 있기만 하지. 보좌하는 사람들도 그를 직접 본 적이 없대."

"그분은 어떻게 생겼나요?"

도로시가 물었다.

아저씨가 생각에 잠긴 얼굴로 대답했다.

"그건 대답하기 곤란해. 너도 알다시피 오즈는 위대한 마법사라서 자기가 원하는 대로 모습을 바꿀 수 있거든. 어떤 이들은 그가 새를 닮았다고 하고, 또 어떤 이들은 코끼리처럼 생겼다고 해. 그가 고양이를 닮았다는 사람도 있었어. 또 누군가에게는 아름다운 요정의 모습으로, 아니면 브라우니 모양으로, 또는 오즈가 좋아하는 그 무언가로 변신해서 등장하지. 하지만 오즈의 본래 모습을 아는 사람은 한 명도 없을 거야."

"정말 신기하네요. 하지만 우린 무슨 수를 써서라도 그분을 만나야 해요. 그러지 못하면 지금까지의 우리 여행은 헛수고가 될 테니까요."

도로시가 말했다.

"그런데 너희는 왜 무시무시한 오즈를 만나려는 거야?"

아저씨가 물었다.

"저는 뇌를 달라고 부탁할 거예요."

허수아비가 진지하게 말했다.

"아, 오즈라면 그 정도는 쉽게 할 수 있지. 그는 필요 이상으로 많은 뇌를 갖고 있으니까."

아저씨가 말했다.

"그리고 저는 심장을 달라고 할 거예요."

양철 나무꾼이 말했다.

"그것도 문제없을 거야. 오즈는 온갖 모양과 크기별로 심장을 잔뜩 모아두고 있거든."

"그리고 저는 용기를 달라고 부탁할 거예요."

겁쟁이 사자가 말했다.

"오즈의 알현실에는 거대한 용기 단지가 있어. 용기가 넘치는 걸 막기 위해 황금 접시로 덮어두었지. 오즈라면 기꺼이 용기를 나눠줄 거야."

아저씨가 말했다.

"그리고 저는 캔자스로 돌아가게 해달라고 할 거랍니다."

도로시가 말했다.

"캔자스가 어디야?"

아저씨가 놀라서 물었다.

"몰라요. 하지만 제가 사는 곳이에요. 어딘가에 존재한다는 것만 알아요."

도로시가 슬픈 목소리로 말했다.

"뭐, 오즈라면 십중팔구 뭐든 할 수 있을 거야. 그러니 널 위해 캔자스가 어디에 있는지도 알아내겠지. 하지만 그러려면 그를 먼저 만나야 하는데, 그게 무척 어려울 거야. 위대한 마법사는 그 누구도 만나고 싶어 하지 않는데다가 자기만의 방식을 갖고 있거든. 그럼 넌 원하는 게 뭐야?"

아저씨가 토토에게 물었다. 토토는 그저 꼬리만 흔들었다. 굳이 설명하기 이상한 이야기지만 토토는 말을 할 수 없기 때문이다.

아주머니가 저녁 식사가 준비되었다며 그들을 불렀다. 그들은 식탁에 모여 앉았고 도로시는 맛있는 죽과 달걀 스크램블 한 접시, 맛 좋은 흰 빵 한 접시로 식사를 즐겼다. 사자는 죽을 조금 먹어보았지만 별로 좋아하진 않았다. 이 죽은 귀리로 만들었는데, 귀리는 말이나 먹지 사자가 먹지는 않는다면서. 허수아비와 양철

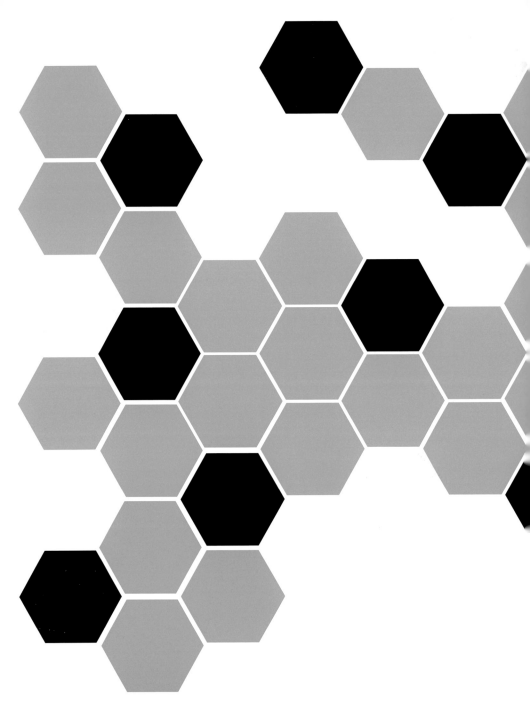

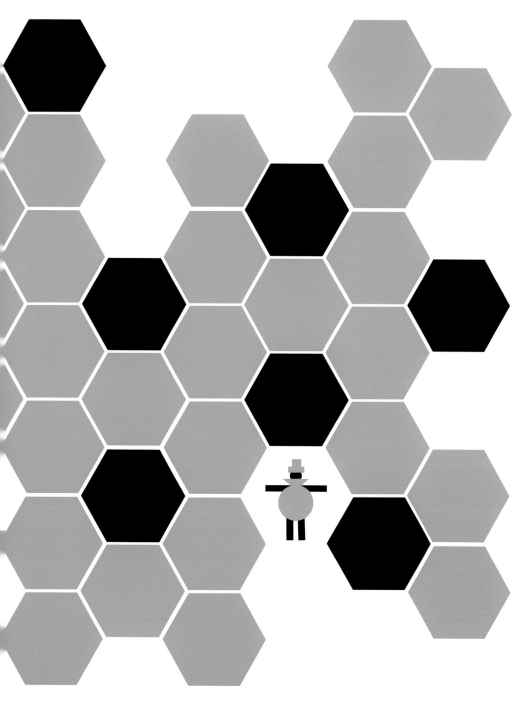

나무꾼은 아무것도 먹지 않았다. 토토는 전부 다 조금씩 먹었고, 그럴듯한 저녁 식사를 해서 기분이 좋아졌다.

이제 아주머니는 도로시에게 잠잘 침대를 마련해주었다. 토토는 도로시 옆에 누웠고, 사자는 도로시가 편히 잘 수 있게 방문 앞을 지켰다. 허수아비와 양철 나무꾼은 잠을 자지 않지만 밤새 방구석에 가만히 서 있었다.

다음 날 아침, 해가 뜨자마자 그들은 다시 길을 나섰다. 그리고 잠시 후 그들의 눈앞에 아름다운 초록빛으로 반짝이는 하늘이 펼쳐졌다.

"저기가 바로 에메랄드 시야."

도로시가 말했다.

앞으로 걸을수록 초록빛은 점점 더 밝아졌고, 드디어 여행이 거의 끝나가고 있는 듯한 느낌이 들었다. 오후가 되어서야 그들은 도시를 둘러싸고 있는 거대한 담장 앞에 도착했다. 담은 높고 두꺼웠으며 밝은 초록색이었다.

그리고 그들의 눈앞에, 노란 벽돌 길이 끝나는 바로 그곳에 커다란 문이 있었다. 문에 잔뜩 박혀 있는 에메랄드가 햇빛을 받아 엄청나게 반짝이는 바람에 페인트로 그린 허수아비의 눈마저 그 광채에 어질어질할 정도였다.

문 옆에는 초인종이 있었다. 도로시가 초인종을 누르자 은빛 구슬이 딸랑거리는 소리가 들렸다. 잠시 후 커다란 문이 천천히 열렸고, 그들은 문을 통과해 안으로 들어갔다. 그 안은 천장이 높은 아치 형태였고, 방의 벽에도 셀 수 없이 많은 에메랄드가 반짝이고 있었다.

그들 앞에 먼치킨과 같은 크기의 작은 남자가 서 있었다. 그는 머리부터 발끝까지 초록 옷을 입었고, 피부마저 초록빛이 났다. 그의 옆에는 커다란 초록색 상자가 있었다.

그가 도로시와 동료들을 보더니 물었다.

"에메랄드 시에는 무슨 일로 왔나요?"

"위대한 오즈를 만나러 여기 왔어요."

도로시가 말했다.

도로시의 대답에 남자는 너무 놀랐는지 주저앉아서 생각에 잠겼다.

"오즈를 만나러 왔다는 사람은 몇 년 만이군요."

남자가 당황해서 고개를 저으며 말했다.

"그분은 강력하고 무시무시한 사람입니다. 여러분이 쓸데없거나 바보 같은 일로 위대한 마법사의 현명한 생각을 방해한다면, 그분이 즉시 화를 내면서 여러분을 없애버릴 수도 있어요."

"하지만 우린 바보 같거나 쓸데없는 일로 찾아온 게 아니에요. 중요한 일이란 말이에요. 그리고 오즈가 좋은 마법사라는 이야기를 듣고 왔어요."

허수아비가 대답했다.

"그렇긴 하죠. 그분은 에메랄드 시를 현명하게 잘 다스리고 있습니다. 하지만 정직하지 못한 자, 또는 호기심으로 접근한 자에게는 무시무시한 분입니다. 감히 그분의 얼굴을 보겠다고 요구한 사람은 거의 없었습니다. 나는 이곳의 문지기입니다. 여러분이 위대한 오즈를 만나겠다고 한 이상 저는 여러분을 그분의 궁전으로 안내해야겠지요. 하지만 먼저 안경부터 쓰셔야 해요."

"왜요?"

도로시가 물었다.

"안경을 쓰지 않으면 에메랄드 시의 밝음과 찬란함에 눈이 멀 수 있거든요. 에메랄드 시에 살고 있는 사람들도 밤낮으로 안경을 씁니다. 안경 상자는 잠겨 있어요. 도시가 처음 지어질 때부터 오즈는 이걸 잠가두라고 명령했죠. 그리고 상자를 열 수 있는 유일한 열쇠는 제가 가지고 있습니다."

그가 커다란 상자를 열었다. 그 안에는 온갖 모양과 크기의 안경이 가득 차 있었다. 그런데 하나같이 초록 안경알이 끼워져 있었다. 문지기는 도로시에게 꼭 맞을 법한 안경 하나를 찾아 씌워주었다. 문지기는 안경에 붙어 있는 금색 띠를 도로시의 머리에 두른 다음, 목에 걸고 있는 쇠줄에 달린 작은 열쇠로 금색 띠를 잠가버렸다. 일단 안경을 쓰자, 도로시는 마음대로 안경을 벗을 수 없게 되었다. 하지만 에메랄드 시의 광채에 눈이 멀고 싶지는 않았기 때문에 아무 말도 하지 않았다.

이제 초록 남자는 허수아비와 양철 나무꾼, 사자, 심지어 조그만 토토에게도 안경을 씌워주었다. 그리고 모두 다 열쇠로 잠가버렸다.

문지기는 자기 안경까지 쓰고 난 후, 이제 궁전을 보여줄 준비가 되었다고 말했다. 그는 벽에 걸린 커다란 황금 열쇠로 새로운 문을 열었다. 그렇게 모두가 문지기를 따라 에메랄드 시의 거리로 향하는 문을 통과했다.

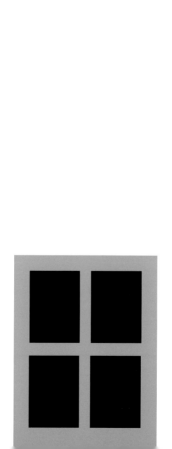

Chapter 11

오즈의
에메랄드빛
도시

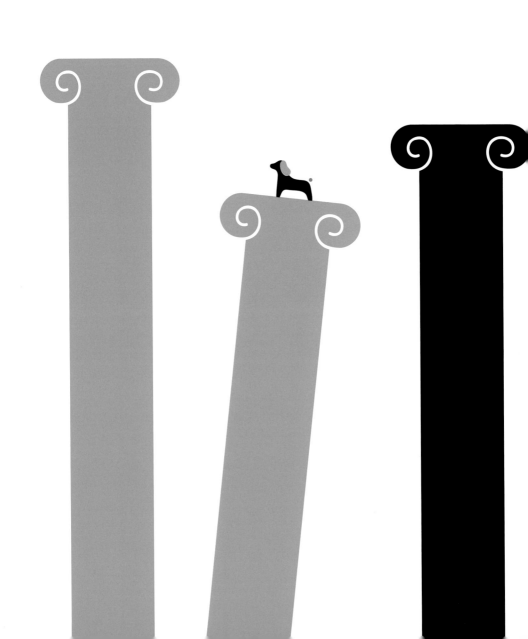

도로시와 친구들은 초록 안경으로 눈을 보호했는데도 아름다운 도시의 광채 때문에 눈이 부셨다. 길가에 늘어선 집들은 온통 초록 대리석으로 지어진데다 반짝이는 에메랄드가 잔뜩 박혀 있었다. 그들은 역시나 초록 대리석으로 포장된 길을 따라 걸었다. 대리석 블록 사이사이에 촘촘히 박힌 에메랄드가 햇빛을 받아 반짝였다. 창문 유리도 초록색이었다. 도시 위 하늘 역시 초록빛이 감돌았고, 태양 광선마저 초록색이었다.

남자, 여자, 아이 할 것 없이 많은 사람이 걸어 다녔다. 그들은 모두 초록색 옷을 입었고 피부도 초록빛이 돌았다. 사람들은 도로시와 신기한 조합의 친구들을 미심쩍은 눈빛으로 쳐다보았다. 사자를 본 아이들은 하나같이 달아나 자기 엄마 뒤에 숨었다. 그런데 아무도 말을 걸지 않았다. 길에는 가게가 많았는데, 내놓고 파는 물건도 모두 초록색이었다. 초록색 신발, 초록색 모자, 다양한 종류의 초록색 옷뿐만 아니라 초록색 사탕과 초록색 팝콘도 팔고 있었다. 어떤 곳에서는 한 남자가 초록 레모네이드를 팔았고, 아이들이 초록색 동전을 내고 레모네이드를 사 먹는 모습이 눈에 띄었다.

말이나 다른 동물은 없는 것 같았다. 남자들은 자그마한 초록색 수레에 물건을 실어 밀고 다녔다. 모두가 행복하고 여유롭고 풍족해 보였다.

문지기는 거리를 지나 큰 건물이 있는 곳까지 일행을 안내했다. 정확히 도시 한가운데에 있는 그 건물은 위대한 마법사 오즈의 궁전이었다. 문 앞에는 초록색 제복을 입고 초록색 구레나룻을 기른 병사가 서 있었다.

"낯선 이들이 왔어요. 위대한 오즈를 만나고 싶어 해요."

문지기가 병사에게 말했다.

"안으로 들어오십시오. 오즈에게는 제가 전하겠습니다."

병사가 대답했다.

그리하여 그들은 궁전 정문을 통과해 초록색 카펫이 깔려 있고 에메랄드로 장식한 아름다운 초록색 가구가 놓인 커다란 방으로 안내되었다. 병사는 방으로 들어서기 전에 초록색 깔개에 발을 닦으라고 말했다. 그리고 모두 자리에 앉자 정중하게 말했다.

"편히 쉬고 계십시오. 저는 알현실 문 앞에 가서, 오즈에게 여러분이 왔다고 보고하겠습니다."

그로부터 한참을 기다려도 병사가 나타나지 않았다. 마침내 그가 돌아오자 도로시가 물었다.

"오즈를 만났나요?"

"오, 아닙니다. 저는 그분을 한 번도 뵌 적이 없습니다. 그저 칸막이 뒤에 계신 그분께 전해드렸을 뿐입니다. 그분은 여러분이 그렇게 원한다면 만나겠다고 말씀하셨습니다. 그러나 한 번에 한 명씩만 들어와야 한다고 했습니다. 그리고 하루에 한 명만 허락한다고 했습니다. 그러니 여러분은 며칠 동안 이 궁전에 머물러야 합니다. 긴 여행 끝에 편히 쉴 수 있도록 방으로 안내해드리겠습니다."

병사가 말했다.

"고맙습니다. 오즈는 참 친절하시군요."

도로시가 대답했다.

병사가 초록색 호루라기를 불자, 예쁜 초록색 실크 가운을 입은 소녀가 방으로 들어왔다. 아름다운 초록색 머리카락과 초록색 눈을 가진 소녀는 도로시 앞에서 허리를 숙여 인사하더니 이렇게 말했다.

"저를 따라오세요. 방으로 안내해드릴게요."

그리하여 도로시는 토토를 제외한 친구들에게 작별 인사를 한 뒤, 토토를 품에 안고 초록색 소녀를 따라갔다. 그리고 일곱 개의 복도를 지나 3층 계단을 오른뒤 궁전 앞쪽의 방에 다다랐다. 세상에서 가장 사랑스러운 방 안에는 초록색 실크시트가 깔려 있고 초록색 벨벳 침대보가 덮여 있었다. 방 가운데에는 아주 조그만분수가 있었는데, 거기서 뿜어져 나오는 초록색 향수가 아름답게 조각된 초록 대리석 세면대로 떨어졌다. 창가에는 아름다운 초록색 꽃들이 피어 있고, 선반에는 조그만 초록색 책이 나란히 꽂혀 있었다. 도로시가 책을 펼쳐보니 신기한 초록색 그림이 가득했다. 그림이 너무 재미있어서 절로 웃음이 나왔다.

옷장 안에는 실크와 새틴, 벨벳으로 만든 초록색 드레스가 여러 벌 걸려 있었는데, 하나같이 도로시의 몸에 꼭 맞았다.

"집처럼 편안하게 지내세요. 필요한 게 있으면 종을 울리시고요. 아마도 오즈가 내일 아침에 부르실 거예요.”

소녀는 도로시를 혼자 남겨두고 다른 친구들에게로 돌아갔다. 그리고 각자의 방으로 안내했는데, 모두 궁전에서 가장 쾌적한 방이었다. 물론 이러한 배려가 허수아비에겐 아무 소용이 없었다. 방에 혼자 남은 허수아비는 문 앞에 멍하니 서서 아침이 올 때까지 기다리고만 있었기 때문이다. 그는 눕는다고 쉴 수 있는 것도 아니고 눈을 감을 수도 없었다. 그래서 세상에서 가장 멋진 방 중 하나에서 묵게 되었는데도 작은 거미가 방 한구석에다 집을 짓는 모습만 밤새도록 쳐다보고 있었다. 양철 나무꾼은 자신이 살로 이루어져 있던 때를 기억하며 습관처럼 침대에 누웠다. 하지만 잠을 잘 수는 없었기에, 관절이 잘 돌아가도록 계속 아래위로 움직이며 밤을 지새웠다. 사자는 숲에서 마른 나뭇잎을 깔고 자는 게 더 좋았고 방에 갇힌 게 마음에 들지 않았다. 하지만 괜한 걱정을 하고 있을 정도로 분별력이 없진 않았기에, 침대로 폴짝 뛰어올라 고양이처럼 몸을 둥글게 말고 가르랑거리다가 곧 잠이 들었다.

다음 날 아침, 식사가 끝나자 초록색 하녀가 도로시를 데리러 왔다. 도로시는 가장 예쁜 드레스를 골라 입었다. 초록색 양단으로 장식한 새틴 드레스였다. 도로시는 거기에 초록색 실크 앞치마를 두르고, 토토의 목에는 초록색 리본을 매주었다. 그러고 나서 위대한 오즈의 알현실로 출발했다.

맨 처음 커다란 연회실로 들어서자 값비싼 옷을 차려입은 귀족들이 가득했다. 이들은 딱히 하는 일 없이 서로 이야기를 나누고 있었다. 오즈와의 만남을 허락받은 적도 없으면서 매일 아침 알현실 밖에 와 있는 사람들이었다. 도로시가 연회실에 들어서자 모두가 도로시를 호기심 어린 눈빛으로 쳐다보았다. 그들 중 한 명이 속삭였다.

“너 정말 무시무시한 오즈의 얼굴을 볼 생각이야?”

"물론이죠, 저를 만나주시기만 한다면요."

도로시가 대답했다.

그러자 어제 오즈에게 도로시의 소식을 전했던 병사가 말했다.

"오, 오즈가 만나보겠다고 했습니다. 사람들이 자기를 만나러 오는 걸 좋아하지 않는데도 말입니다. 솔직히 처음엔 화를 내면서 당신을 왔던 곳으로 돌려보내라고 했습니다. 그러더니 당신이 어떤 모습이냐고 물었습니다. 제가 은색 구두를 신었다고 하니까 엄청 흥미로워했습니다. 그리고 마지막으로 이마에 자국이 있다고 말씀드렸더니, 만남을 허락하셨습니다."

바로 그때 종이 울렸고, 초록 소녀가 도로시에게 말했다.

"들어오라는 신호예요. 이제 혼자서 알현실에 들어가야 합니다."

소녀가 작은 문을 열어주었다. 도로시는 용감하게 문을 통과해 아주 멋진 방으로 들어섰다. 천장이 높은 아치형인 아주 크고 둥근 방이었다. 벽과 천장, 그리고 바닥은 커다란 에메랄드로 촘촘하게 뒤덮여 있었다. 천장 한가운데에는 해처럼 환한 빛을 내뿜는 웅장한 등이 달려 있어서 방 안의 에메랄드가 너무나 아름답고도 밝게 빛났다.

하지만 무엇보다도 도로시의 관심을 끈 것은 방 가운데에 놓인 초록 대리석 왕좌였다. 의자 모양인 그것은 다른 모든 것처럼 보석으로 반짝이고 있었다. 그리고 의자 가운데에는 거대한 머리가, 지탱하는 몸통이나 팔다리가 없는 머리가 놓여 있었다. 머리카락은 없지만 눈과 코, 입은 있고 세상에 존재하는 그 어떤 거인의 머리보다도 훨씬 컸다.

도로시가 놀라움과 두려움에 휩싸여 그 머리를 바라보자, 눈동자가 천천히 움직이더니 도로시를 빤히 쳐다보았다. 뒤이어 입이 움직이고 목소리가 들렸다.

"내가 바로 위대하고 무시무시한 오즈다. 너는 누구냐? 왜 나를 찾아온 것이냐?"

그렇게 커다란 머리에서 나온 목소리치고는 그리 끔찍하지 않았다. 그래서 도로시는 용기를 내어 대답했다.

"저는 작고 온순한 도로시예요. 당신께 도움을 청하러 왔답니다."

눈은 꼬박 1분 동안 도로시를 골똘히 쳐다보았다. 그러고는 이렇게 말했다.

"그 은색 구두는 어디에서 났지?"

"사악한 동쪽 마녀 것이에요. 우리 집이 동쪽 마녀 위에 떨어져서 죽었거든요."

"그럼 이마의 자국은 어쩌다 생긴 거지?"

"그건 착한 북쪽 마녀가 저를 당신께 보내며 작별 인사를 하다가, 입맞춤을 해서 생긴 거예요."

눈은 다시 한 번 도로시를 날카롭게 바라보았다. 도로시가 진실을 말하는지 확인하는 모양이었다. 그러더니 오즈가 물었다.

"나한테 바라는 게 뭐지?"

"저를 캔자스로 보내주세요. 엠 숙모와 헨리 삼촌이 있는 곳이에요. 이곳은 너무나 아름답지만 저는 마음에 들지 않아요. 그리고 제가 사라진 지 너무 오래되어 엠 숙모가 엄청나게 걱정하고 있을 거예요."

눈은 세 번 윙크하더니 천장을 보았다가, 다시 바닥을 보았다. 또 방 구석구석을 다 둘러보는 듯 눈동자를 기이하게 빙글빙글 굴리더니 마지막으로 도로시를 다시 쳐다보았다.

"내가 왜 그렇게 해야 하지?"

오즈가 물었다.

"당신은 강하고 저는 약하니까요. 당신은 위대한 마법사이지만 저는 어린 소녀일 뿐이니까요."

"하지만 넌 사악한 동쪽 마녀를 죽일 만큼 강하지 않느냐."

"그건 우연히 일어난 거예요. 저도 어쩔 수 없었어요."

도로시가 간단하게 대답했다.

"흠, 그럼 나의 답을 주도록 하지. 네가 나를 위해 무언가를 해주지 않는 이상, 너 역시 나에게 캔자스로 돌아가게 해달라고 부탁할 권리는 없어. 이 나라에서는 무언가를 얻고 싶으면 그 대가를 치러야 해. 내 마법의 힘을 이용해서 집으로 돌아가고 싶다면 네가 먼저 무언가를 해야 한다. 날 도와주면 나도 널 돕겠다."

"제가 뭘 하면 될까요?"

소녀가 물었다.

"사악한 서쪽 마녀를 죽여라."

오즈가 대답했다.

"저는 못해요!"

깜짝 놀란 도로시가 소리쳤다.

"넌 동쪽 마녀를 죽였고 강력한 마법을 지닌 은색 구두도 신고 있어. 이제 이 땅엔 사악한 마녀가 딱 하나 남았지. 그 마녀가 죽었다고 말할 수 있을 때, 나도 너를 캔자스로 돌려보내주지. 하지만 그 전엔 안 돼."

너무나 실망한 소녀는 훌쩍거리며 울기 시작했다. 눈은 또다시 윙크를 하더니 도로시를 초조하게 바라보았다. 위대한 오즈는 도로시가 마음만 먹으면 자신을 도와줄 수 있으리라 믿는 눈치였다.

"저는 여태 그 무엇도 일부러 죽인 적이 없어요. 제가 서쪽 마녀를 죽이고 싶다고 한들, 무슨 수로 죽이나요? 위대하고 무시무시한 당신도 그 마녀를 직접 죽이지 못하는데, 왜 제가 그걸 할 수 있다고 생각하시죠?"

"나도 몰라. 하지만 그게 내 대답이야. 사악한 마녀가 죽을 때까지 넌 숙모와 삼촌을 만나지 못해. 마녀는 사악하다는 것을, 끔찍할 정도로 사악하다는 것을,

그리고 죽어야 한다는 것을 기억해. 이제 가거라. 네 임무를 마칠 때까지는 나한 테 더 이상 요구하지 마라."

　　풀이 죽은 도로시는 알현실에서 나 와 사자와 허수아비, 양철 나무꾼이 기다 리고 있는 곳으로 돌아갔다. 오즈가 무슨 말 을 했는지 궁금해하는 친구들에게 도로시가 말했다.

　　"나에겐 희망이 없어. 내가 사악한 서쪽 마녀를 죽이기 전까지는 집으로 보내주지 않을 거래. 하지만 그건 절대로 내가 할 수 없는 일이야."

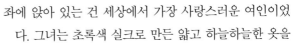

친구들은 모두 안타까워했지만 딱히 도로시를 도울 방법이 없었다. 그래서 도로시는 자기 방으로 돌아가 침대 에 누웠고, 그대로 울다 잠이 들었다.

다음 날 아침, 초록 구레나룻 병사가 허수아비에게로 와서 말했다.

"저를 따르십시오. 오즈가 데려오라 하십니다."

허수아비는 그를 따라갔고, 알현실 출입을 허락받았다. 그런데 에메랄드 왕 좌에 앉아 있는 건 세상에서 가장 사랑스러운 여인이었 다. 그녀는 초록색 실크로 만든 얇고 하늘하늘한 옷을 입고, 풍성하게 땋아 내린 머리 위에는 보석 왕관을 쓰고 있었다. 어깨에는 아주 화려한 색깔의 날개가 자라나 있었는데, 그 날개가 어찌나 가벼운지 아주 약간의 숨결만 닿아도 파르르 떨렸다.

　허수아비는 짚으로 가득 찬 몸으로 할 수 있는 한 깊이 허리를 숙여 인사했고, 그 아름다운 생명체는 따뜻한 눈빛으로 허수아비를 보며 말했다.

　"나는 위대하고 무시무시한 오즈다. 너는 누구냐? 왜 나를 찾아온 것이냐?"

　도로시가 말한 대로 거대한 머리를 만나게 될 줄 알았던 허수아비는 크게 놀랐다. 하지만 용기를 내어 대답했다.

　"저는 지푸라기로 가득 찬 허수아비입니다. 그래서 뇌가 없지요. 당신께서 제 머리에 짚 대신 뇌를 넣어주실 수 있을까 기대하며 왔습니다. 그러면 저도 당신의 지배를 받는 다른 평범한 사람이 될 수 있을 것 같아서요."

　"내가 왜 그렇게 해야 하지?"

　여인이 물었다.

　"당신은 현명하고 강력하니까요. 당신 외에 그 누구도 저를 도와주지 못하니까요."

허수아비가 대답했다.

"난 절대 대가 없이 호의를 베풀지 않아. 하지만 이것만은 약속하지. 네가 나를 위해 사악한 서쪽 마녀를 죽인다면, 너에게 아주 많은 뇌를 내리겠다. 오즈의 나라에서 가장 현명한 사람이 될 수 있을 정도로 좋은 뇌를 말이다."

"도로시에게도 마녀를 죽여달라 했다더군요."

허수아비가 놀라서 말했다.

"그랬지. 누가 마녀를 죽이든 상관없어. 하지만 마녀가 죽기 전까지는 네 소원을 들어줄 수 없다. 그러니 어서 가거라. 네가 그토록 바라는 뇌를 얻을 자격이 생길 때까지 다시는 날 찾지 마라."

풀이 죽은 허수아비는 친구들에게 돌아가, 오즈가 한 이야기를 전해주었다. 도로시는 위대한 오즈가 자기가 보았던 커다란 머리가 아니라 아름다운 여인이라는 사실에 깜짝 놀랐다.

"모두 똑같아. 오즈 역시 양철 나무꾼만큼이나 심장이 필요해 보였어."

허수아비가 말했다.

다음 날 아침, 초록 구레나룻 병사가 양철 나무꾼에게로 와서 말했다.

"오즈가 당신을 데려오라 하십니다. 저를 따르십시오."

양철 나무꾼은 그를 따라 넓은 알현실로 들어갔다. 나무꾼은 오즈가 아름다운 여인일지 커다란 머리일지 알 수 없었지만, 은근히 아름다운 여인이기를 기대했다. 나무꾼이 혼잣말을 했다.

"만약 오즈가 머리의 모습을 하고 있다면 난 심장을 받지 못할 게 분명하거든. 왜냐하면 머리에는 심장이 없으니까 내가 어떤 기분일지 느끼지 못할 거야. 하지만 아름다운 여인이라면 나도 심장을 달라고 빌어야겠지. 모든 여인은 친절한 마음을 가지고 있을 테니까."

하지만 나무꾼이 넓은 알현실에 들어섰을 때 본 것은 머리도 여인도 아니었다. 오즈는 세상에서 가장 끔찍한 짐승의 형상이었다. 덩치가 코끼리만큼 커서 초록 왕좌가 그 무게를 견디지 못할 정도로 보였다. 짐승의 머리는 코뿔소와 닮았고 얼굴에는 눈이 다섯 개였다. 몸에는 기다란 팔이 다섯 개나 자라나 있고, 길고 마른 다리도 다섯 개였다. 굵고 무성한 털이 온몸을 뒤덮은 것이, 그보다 더 끔찍하게 생긴 괴물은 상상할 수조차 없을 정도였다. 그 순간만큼은 양철 나무꾼에게 심장이 없어서 다행이었다. 그렇지 않다면 공포심에 심장이 마구 뛰었을 테니까. 나무꾼은 오로지 양철로만 이루어졌기에, 크게 실망했지만 전혀 무섭진 않았다.

"나는 위대하고 무시무시한 오즈다. 너는 누구냐? 왜 나를 찾아온 것이냐?"

"저는 양철로 만들어진 나무꾼입니다. 그래서 심장이 없고, 사랑을 할 수 없습니다. 저도 다른 사람들처럼 될 수 있게 심장을 주시길 간절히 청합니다."

"내가 왜 그렇게 해야 하지?"

짐승이 물었다.

"제가 그걸 원하고, 오로지 당신만이 제 부탁을 들어줄 수 있으니까요."

나무꾼이 대답했다.

그 말을 들은 짐승은 낮게 으르렁거리다 걸걸한 목소리로 말했다.

"네가 진심으로 심장을 원한다면 가져야지."

"어떻게요?"

나무꾼이 물었다.

"도로시를 도와 사악한 서쪽 마녀를 죽이도록 해. 마녀가 죽으면 나에게 오너라. 그러면 내가 오즈의 나라에서 가장 크고, 가장 친절하며, 가장 사랑이 넘치는 심장을 너에게 주겠다."

그리하여 양철 나무꾼은 풀이 죽은 모습으로 친구들에게 돌아가, 무시무시한 짐승이 한 이야기를 전해주었다. 모두들 위대한 마법사가 얼마나 다양한 형상으로 변신할 수 있는지 궁금해했다. 그때 사자가 말했다.

"내가 찾아갔을 때도 짐승의 모습이라면, 있는 힘껏 크게 울부짖을 거야. 그러면 놀라서 내가 부탁하는 걸 다 들어주겠지. 만약 아름다운 여인이라면, 갑자기 달려드는 척할 거야. 그래서 내가 원하는 걸 강제로 들어주게 할 거야. 만약 거대한 머리라면, 내가 마음대로 할 수 있어. 우리가 요구하는 걸 들어주겠다고 약속할 때까지 온 방에 머리를 굴리고 다닐 거니까. 그러니까 기운 내, 친구들. 다 잘될 거야."

다음 날 아침, 초록 구레나룻 병사가 사자를 알현실로 안내했다. 그리고 안으로 들어가 오즈를 만나라고 했다.

일단 문을 통과한 사자는 주위를 둘러보고 깜짝 놀랐다. 왕좌 앞에 있는 건 다름 아닌 불덩이였기 때문이다. 어찌나 격렬하게 타오르는지 똑바로 쳐다보기조차 힘들 정도였다. 맨 처음엔 오즈의 몸에 실수로 불이 붙어 타오르는 줄 알았다. 사자는 조금 더 가까이 다가가려 했지만 열기가 너무 강렬하여 수염이 그을릴 것 같왔다. 그래서 벌벌 떨며 문이 있는 쪽으로 뒷걸음질을 쳤다.

그러자 불덩이에서 낮고 조용한 목소리가 흘러나왔다.

"나는 위대하고 무시무시한 오즈다. 너는 누구냐? 왜 나를 찾아온 것이냐?"

"저는 모든 걸 무서워하는 겁쟁이 사자입니다. 저에게 용기를 달라고 부탁하러 왔습니다. 용기만 있으면 사람들 말처럼 실제로 동물의 왕이 될 수 있을 것 같아서요."

"내가 왜 너에게 용기를 줘야 하지?"

오즈가 물었다.

"마법사들 중에서 당신이 가장 위대하고, 제 부탁을 들어줄 능력이 있는 분은 당신뿐이니까요."

사자가 대답했다.

불덩이는 잠시 격렬하게 타오르더니 말했다.

"사악한 마녀가 죽었다는 증거를 가져오너라. 그러면 너에게 용기를 주겠다. 마녀가 살아 있는 한, 너는 겁쟁이로 남을 수밖에 없다."

그 말에 사자는 화가 났지만 아무런 대꾸도 못했다. 조용히 불덩이를 바라보고 있는 사이 불덩이는 더욱 격렬하게 뜨거워졌고, 사자는 발길을 돌려 방에서 뛰쳐나올 수밖에 없었다. 사자는 자신을 기다리는 친구들을 보고 반가워했다. 그리고 마법사와의 끔찍한 대화를 전해주었다.

"이제 어떡하지?"

도로시가 슬픈 목소리로 물었다.

"우리가 할 수 있는 건 단 하나야. 윙키들의 나라로 가서 사악한 마녀를 찾아낸 뒤 죽이는 거지."

사자가 말했다.

"그렇게 못하면?"

소녀가 물었다.

"그럼 난 절대 용기를 가지지 못하겠지."

사자가 말했다.

"그럼 난 절대 뇌를 가지지 못하겠지."

허수아비도 말했다.

"그럼 난 절대 심장을 가지지 못하겠지."

양철 나무꾼이 말했다.

"그럼 난 절대 엠 숙모와 헨리 삼촌을 보지 못하겠지."

도로시는 그렇게 말하고 울기 시작했다.

"조심하세요. 초록 실크 가운에 눈물이 떨어지면 얼룩이 진다고요."

초록색 소녀가 소리쳤다.

도로시는 눈물을 삼키며 말했다.

"어쨌든 한번 해봐야겠지. 하지만 아무리 엠 숙모를 보기 위해서라지만 누군가를 죽이고 싶지는 않아."

"내가 함께 갈게. 하지만 난 너무 겁쟁이라 마녀를 죽이진 못해."

사자가 말했다.

"나도 갈 거야. 하지만 큰 도움은 안 될 거야. 난 바보니까."

허수아비가 말했다.

"난 심장이 없어서 마녀조차 해치지 못해. 하지만 네가 간다면 나도 당연히 따라갈 거야."

양철 나무꾼이 말했다.

그리하여 그들은 다음 날 아침에 여행을 떠나기로 결정했다. 나무꾼은 초록색 숫돌에 도끼를 갈고, 관절 마디마디마다 적당히 기름칠을 했다. 허수아비는 새 지푸라기로 몸을 채웠고, 도로시는 새 페인트로 허수아비의 눈을 그려주었다. 무척이나 친절한 초록색 소녀는 도로시의 바구니에 먹을거리를 가득 채워주었고 토토의 목에는 작은 종이 달린 초록색 리본을 매주었다.

그들은 일찌감치 잠자리에 들어, 해가 뜰 때까지 푹 잤다. 그리고 다음 날, 궁전 뒷마당에 사는 초록 수탉의 꼬끼오 소리와 초록 달걀을 낳은 암탉의 꼬꼬댁 소리에 잠에서 깼다.

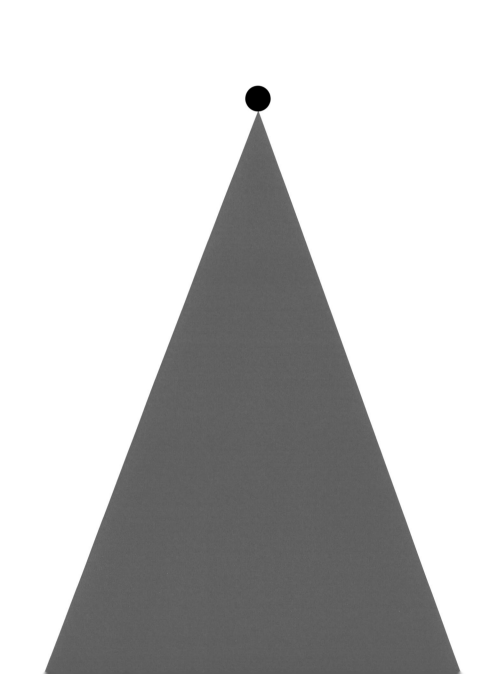

Chapter 12

사악한 마녀를 찾아서

초록 구레나룻 병사는 그들을 데리고 에메랄드 시 거리를 지나, 문지기가 살고 있는 방에 다다랐다. 문지기는 그들이 쓰고 있는 안경을 풀어서 상자에 집어넣더니, 정중하게 성문을 열어주었다.

"사악한 서쪽 마녀에게 가려면 어느 길로 가야 하죠?"

도로시가 물었다.

"길이 없어요. 거기에 가려는 사람은 아무도 없으니까요."

문지기가 대답했다.

"그럼 서쪽 마녀를 어떻게 찾죠?"

소녀가 질문했다.

"그건 쉬워요. 윙키들이 사는 곳에 가기만 하면 서쪽 마녀가 곧바로 여러분을 알아보고 자신의 노예로 만들 테니까요."

"아닐 수도 있죠. 이번엔 우리가 마녀를 없앨 거거든요."

허수아비가 말했다.

"오, 그렇다면 얘기가 다르죠. 지금까지 누구도 그 마녀를 없애지 못했기에, 난 자연스럽게 마녀가 여러분을 노예로 만들 거라고 생각해버렸어요. 그래도 조심하세요. 그 마녀는 사악하고 사나우니 여러분이 자신을 없애도록 가만히 놔두지 않을 거예요. 해가 지는 서쪽으로 계속 가세요. 그러면 반드시 마녀를 찾을 수 있을 거예요."

그들은 문지기에게 고맙다고 말한 뒤 작별 인사를 했다. 그리고 서쪽을 향해, 여기저기 데이지와 미나리아재비가 자라고 있는 부드러운 풀밭을 걸어갔다. 도로시는 여전히 궁전에서 입은 예쁜 실크 드레스 차림이었다. 놀랍게도 드레스는 더 이상 초록색이 아니라 새하얀 색으로 변해 있었다. 토토의 목에 둘러진 리본도 초록색이 사라지고 도로시의 드레스처럼 하얬다.

에메랄드 시가 저 멀리 뒤로 사라졌다. 갈수록 길은 더 험해지고 언덕도 많아졌다. 서쪽 땅에는 농장이나 집이 전혀 보이지 않고 땅 역시 손대지 않은 상태였다.

그늘을 만들어주는 나무가 한 그루도 없다 보니, 오후가 되자 얼굴에 햇볕이 따갑게 내리쬐었다. 도로시와 토토, 사자는 밤이 되기도 전에 지쳐서 풀밭에 드러누워 잠이 들었고, 나무꾼과 허수아비는 계속 망을 보았다.

사악한 서쪽 마녀는 눈이 하나였지만, 망원경처럼 잘 보여서 어디든 내다볼 수 있었다. 때마침 성문에 앉아 주위를 둘러보던 서쪽 마녀는 누워 자고 있는 도로시와 그 주변의 친구들을 발견하게 되었다. 멀리 떨어져 있었지만, 사악한 마녀는 자신의 땅에 들어온 그들을 보고 무척 화를 냈다. 그래서 목에 걸고 있는 은색 호루라기를 불었다.

순식간에 사방에서 커다란 늑대들이 달려왔다. 놈들은 긴 다리에 사나운 눈, 날카로운 이빨을 가지고 있었다.

"저들에게 가거라. 그리고 갈기갈기 찢어버려라."

마녀가 말했다.

"노예로 만들지 않고요?"

우두머리 늑대가 물었다.

"아니. 한 놈은 양철로, 또 한 놈은 짚으로 만들어졌다. 한 놈은 어린 소녀이고, 또 한 놈은 사자다. 일을 시킬 녀석이 아무도 없어. 그러니 그냥 갈기갈기 찢어버려."

"잘 알겠습니다."

우두머리 늑대는 대답하자마자 나머지 늑대들을 이끌고 전속력으로 달려갔다.

다행히 나무꾼과 허수아비는 잠을 자지 않았기에 늑대들이 다가오는 소리를 들을 수 있었다.

"내가 나설게. 그러니까 모두 내 뒤로 숨어. 저들이 오면 내가 처리할 테니까."

나무꾼이 말했다.

그는 날카롭게 갈아놓은 도끼를 꽉 잡았다. 우두머리 늑대가 나타나자 양철 나무꾼은 팔을 휘둘러 늑대의 목을 베어버렸고, 늑대는 곧바로 죽어버렸다. 그가 또다시 도끼를 들어 올리자마자 다른 늑대가 뒤따라 덤볐고, 그놈 역시 양철 나무꾼의 날카로운 도끼에 쓰러지고 말았다. 늑대는 모두 마흔 마리였고, 한 마리씩 죽어갔으며, 결국 나무꾼 앞에 늑대의 사체가 한 무더기로 쌓였다.

그제야 나무꾼은 도끼를 내려놓고 허수아비 옆에 앉았다. 허수아비가 말했다.

"잘했어 친구."

그들은 다음 날 아침 도로시가 일어날 때까지 기다렸다. 도로시는 털이 텁수룩한 늑대가 한 무더기 쌓여 있는 걸 보고 꽤나 놀랐다. 하지만 양철 나무꾼이 지난 일을 설명해주자, 목숨을 구해주어 고맙다고 말했다. 그 자리에 앉아서 아침 식사를 한 그들은 다시 여행을 시작했다.

그날 아침, 사악한 마녀는 성문으로 와서 멀리까지 잘 보이는 하나의 눈으로 주위를 둘러보았다. 그런데 늑대들은 모두 죽어 있고, 낯선 이들은 여전히 자신의 땅을 여행하고 있었다. 이에 더욱 화가 난 마녀는 호루라기를 두 번 불었다.

곧장 하늘을 새카맣게 뒤덮을 정도로 많은 야생 까마귀 무리가 마녀에게로 날아왔다.

사악한 마녀는 까마귀 왕에게 말했다.

"저기 낯선 이들에게로 날아가거라. 저들의 눈을 쪼아 먹고 갈기갈기 찢어버려라."

야생 까마귀는 떼를 이루어 도로시와 동료들에게로 날아갔다. 어린 소녀는 다가오는 까마귀들을 보고 겁을 먹었다.

하지만 허수아비가 말했다.

"이번엔 내가 나설게. 내 옆에 가만히 엎드려 있으면 괜찮을 거야."

그래서 허수아비만 빼고 모두 바닥에 엎드렸다. 허수아비는 똑바로 서서 팔을 쫙 펼쳤다. 까마귀들은 여느 새들이 그러하듯 허수아비를 보자마자 겁을 먹었고, 감히 더 가까이 다가가지 못했다. 하지만 까마귀 왕이 말했다.

"저건 그저 짚을 채운 녀석일 뿐이야. 내가 눈을 쪼아버리겠어."

까마귀 왕은 허수아비에게로 날아갔다. 하지만 허수아비가 까마귀의 머리를 잡고 목을 꺾어 죽여버렸다. 다른 까마귀들도 허수아비를 향해 날아오는 족족 목이 꺾여 죽고 말았다. 까마귀는 모두 마흔 마리였고, 한 마리씩 죽어갔으며, 결국 허수아비 앞에 까마귀의 사체가 한 무더기로 쌓였다. 허수아비는 친구들에게 이제 일어나도 된다고 말했고, 그들은 다시 여행을 시작했다.

사악한 마녀는 또 밖을 내다보다가, 죽어 있는 까마귀들을 발견했다. 끔찍한 분노에 휩싸인 마녀는 은색 호루라기를 세 번 불었다.

곧바로 윙윙거리는 소리가 들리면서 시커먼 벌떼가 마녀에게로 날아왔다.

"저 낯선 이들에게로 날아가거라. 그리고 침을 쏘아 죽여버려라!"

마녀가 명령하자 벌들은 곧바로 방향을 틀어 도로시와 친구들이 걸어가고 있는 곳으로 재빠르게 날아갔다. 나무꾼은 벌떼가 날아오는 걸 알아챘고, 허수아비는 어떻게 해야 할지를 알려주었다.

"내 짚을 꺼내다가 도로시와 개, 사자 위에 뿌려줘. 그러면 벌이 쏘지 못할 거야."

나무꾼은 허수아비가 시키는 대로 했다. 도로시는 토토를 안은 채 사자 옆에

바짝 붙어서 엎드렸고, 나무꾼은 짚으로 그들을 완전히 덮어버렸다.

벌떼가 다가왔지만 침을 쏠 상대는 나무꾼밖에 없었다. 벌들은 나무꾼에게 날아가 양철에다 대고 침을 쏘았지만 나무꾼은 꿈쩍도 하지 않았다. 벌은 침을 쏘고 나면 더 이상 살 수 없기에, 모두 죽음을 맞고 말았다. 벌들은 나무꾼 주변에 우수수 떨어졌다. 바닥에 쌓인 죽은 벌떼는 마치 자그마한 석탄 더미 같았다.

잠시 후 도로시와 사자가 일어났다. 도로시는 양철 나무꾼을 도와 허수아비의 몸속에 짚을 채워주었다. 허수아비가 원래 모습을 되찾자, 그들은 다시 한 번 여행을 시작했다.

검은 벌떼가 석탄 더미처럼 쌓여 있는 걸 발견하자 사악한 마녀는 너무 화가 나서 발을 구르고, 머리카락을 쥐어뜯고, 이를 악물었다. 잠시 후 마녀는 윙키 노예 열두 명을 불러들였다. 그러고는 날카로운 창을 나눠주며 낯선 이들을 해치우고 오라고 명령했다.

윙키들은 용감한 이들이 아니었지만 마녀의 명령을 따를 수밖에 없었다. 그래서 도로시 일행의 근처까지 행진해서 다가갔다. 하지만 사자가 큰 소리로 으르렁거리며 달려들자, 불쌍한 윙키들은 잔뜩 겁을 먹고 있는 힘껏 달려서 왔던 길을 되돌아갔다.

그들이 성으로 돌아오자 사악한 마녀는 윙키들을 채찍으로 때리며 원래 하던 일을 하도록 돌려보냈다. 그런 다음 마녀는 자리에 앉아 이제 어떻게 해야 할지 생각했다. 마녀는 낯선 이들을 없애버리려는 자신의 계획이 어떻게 계속 실패하는지 이해할 수가 없었다. 그러나 그녀는 사악할 뿐만 아니라 강력한 마녀이기에, 곧장 어떻게 할지 다음 계획을 세웠다.

그녀의 찬장에는 테두리에 다이아몬드와 루비가 박힌 황금 모자가 있었다. 그 모자에는 마법이 걸려 있었다. 황금 모자를 가진 이는 날개 달린 원숭이들을 세 번 부를 수 있는데, 원숭이들은 주인이 시키는 대로 뭐든 복종한다고 했다. 하지만 누구든 이 신기한 동물을 세 번까지만 부를 수 있었다. 사악한 마녀는 황금 모자의 마법을 두 차례 사용한 적이 있었다. 첫 번째는 윙키들을 자신의 노예로 만들고 자신이 이곳을 다스리게 해달라는 데 사용했다. 날개 달린 원숭이들은 마녀가 그렇게 할 수 있도록 도와주었다. 두 번째는 위대한 오즈와 맞서 싸울 때, 오즈를 서쪽 땅에서 내쫓기 위해 사용했다. 날개 달린 원숭이들은 역시나 마녀가 그렇게 할 수 있도록 도와주었다. 이제 황금 모자의 마법을 사용할 기회는 단 한 번 남았기에, 그녀는 자신의 능력이 모두 없어질 때까지는 이 마법을 쓰고 싶지 않았다. 하지만 이제 사나운 늑대와 야생 까마귀와 침을 쏘는 벌들이 모두 죽고, 마녀의 노예들은 겁쟁이 사자 때문에 겁을 먹고 도망친 상황이기에 도로시와 친구들을 없애는 방법은 단 하나뿐이었다.

사악한 마녀는 찬장에서 황금 모자를 꺼내 머리에 썼다. 그러고는 왼발로 서서 천천히 말했다.

"엡페, 펩페, 칵케!"

그런 다음 오른발로 서서 말했다.

"힐로, 홀로, 헬로!"

그런 다음 양발로 서서 크게 외쳤다.

"짓지, 줏지, 직!"

드디어 마법이 작동하기 시작했다. 하늘이 어두워지고 낮게 우르릉거리는 소리가 들려왔다. 날갯짓하는 소리가 들리고, 끽끽거리며 웃는 소리가 들리더니 어두운 하늘에서 태양이 모습을 드러내어 사악한 마녀를 둘러싼 원숭이 무리를 비추었다. 원숭이들의 어깨에는 하나같이 엄청 크고 강력한 날개가 달려 있었다.

다른 원숭이보다 훨씬 덩치가 큰 녀석이 무리의 우두머리인 것 같았다. 우두머리 원숭이가 마녀에게로 가까이 다가와 말했다.

"세 번째이자 마지막으로 저희를 부르셨군요. 무엇을 명령하실 겁니까?"

"내 땅에 들어온 낯선 이들에게 가서 그들을 모두 없애버려라. 사자는 빼고. 사자는 나에게 데려와. 말처럼 마구를 채워 일을 시킬 작정이니까."

"시키는 대로 따르겠습니다."

우두머리 원숭이가 대답했다. 잠시 후 엄청나게 시끄러운 끽끽 소리와 함께 날개 달린 원숭이들은 도로시와 친구들이 걸어오고 있는 곳을 향해 날아갔다.

몇몇 원숭이는 양철 나무꾼을 들어다가 뾰족한 바위가 가득한 곳까지 바람을 타고 날아갔다. 원숭이들은 불쌍한 나무꾼을 바닥에 떨어뜨렸고, 엄청나게 높은 곳에서 바위로 떨어진 나무꾼은 움직이거나 소리를 내지 못할 정도로 심하게 찌그러지고 망가졌다.

또 몇몇 원숭이는 허수아비를 붙잡더니, 기다란 손가락으로 몸통과 머릿속의 지푸라기를 몽땅 끄집어냈다. 그러고는 허수아비의 모자, 부츠, 옷을 한데 뭉쳐서 큰 나무 꼭대기의 가지 위로 던져버렸다.

　나머지 원숭이들은 튼튼한 밧줄로 사자의 몸과 머리, 다리를 꽁꽁 묶었다. 이제 사자는 물지도, 할퀴지도, 몸부림치지도 못했다. 원숭이들은 사자를 들어서 마녀의 성으로 날아갔다. 사자는 높은 철제 울타리가 쳐진 작은 뜰에 갇혀, 이제 도망치지도 못하는 처지가 되었다.

　하지만 도로시는 아직 무사했다. 도로시는 토토를 품에 안고 서서 동료들의 슬픈 운명을 바라보며, 이제 자신의 차례가 오는 걸까 생각하고 있었다. 그때 날개 달린 우두머리 원숭이가 도로시에게 날아가더니 털이 잔뜩 난 긴 팔을 쫙 펼치고 못생긴 얼굴로 끔찍한 웃음을 지었다. 그러나 우두머리 원숭이는 도로시의 이마에 있는 착한 마녀의 키스 자국을 보더니 그대로 멈춰버렸다. 그리고 다른 원숭이들에게도 도로시를 건드리지 말라고 손짓했다.

　"감히 우리가 이 소녀를 해칠 수는 없다. 이 아이는 선한 마법의 보호를 받고 있다. 선한 마법은 악한 마법보다 훨씬 강력하다. 우리가 할 수 있는 건 이 아이를 사악한 마녀의 성으로 데려가는 일뿐이다."

　원숭이들은 도로시를 아주 조심스럽게 얌전히 품에 안고 서둘러 날아올랐다. 성에 도착하자 원숭이들은 도로시를 성문 앞에 내려놓았다. 그러고는 우두머리 원숭이가 마녀에게 말했다.

　"우리가 할 수 있는 한, 명령하신 대로 다 했습니다. 양철 나무꾼과 허수아비는 해치워버렸고, 사자는 뜰에 묶어두었지요. 어린 소녀는 우리가 차마 해칠 수가 없었어요. 데리고 있는 개도요. 우리가 당신의 명령에 따르는 것도 이제 끝났습니다. 그러니 다시는 우리를 볼 수 없을 겁니다."

　잠시 후 날개 달린 원숭이들은 엄청 시끄럽게 웃고 끽끽거리며 하늘로 날아

올라 눈앞에서 사라졌다.

사악한 마녀는 도로시의 이마에 있는 자국을 보자 놀랍기도 하고 걱정이 되기도 했다. 왜냐하면 날개 달린 원숭이들과 마찬가지로 자신도 이 소녀를 해치지 못한다는 걸 알고 있기 때문이었다. 마녀는 또한 도로시의 발을 내려다보았다가 은색 구두를 발견하고 겁이 나서 떨기 시작했다. 그 구두에 강력한 마법이 숨어 있음을 잘 알고 있기 때문이었다. 처음에 마녀는 도로시로부터 달아나고 싶어졌다. 하지만 아이의 눈을 들여다보자 그 너머로 보이는 아이의 영혼이 무척이나 순진하다는 걸 알 수 있었다. 게다가 이 어린 소녀는 은색 구두가 자신에게 얼마나 대단한 능력을 주는지도 알지 못하는 모양이었다. 사악한 마녀는 속으로 웃으며 이렇게 생각했다.

'저 아이를 내 노예로 만들 수 있을 것 같아. 자신의 능력을 어떻게 사용하는지 전혀 모르는 것 같으니까.'

마녀는 도로시에게 아주 엄하고 독하게 말했다.

"날 따라오너라. 그리고 내가 하는 말을 잘 들어. 시키는 대로 하지 않으면 끝장내버릴 테니까. 양철 나무꾼과 허수아비에게 했듯이 말이야."

도로시는 마녀를 따라 성안에 있는 아름다운 방들을 지나쳤다. 마침내 부엌에 도착하자 마녀는 도로시에게 솥과 주전자를 씻고, 바닥을 닦고, 나무로 불을 지피라고 명령했다.

도로시는 최대한 열심히 일하기로 마음먹고 시키는 대로 순순히 따랐다. 사악한 마녀가 자신을 죽이지 않은 것만으로도 다행이라고 생각했기 때문이다.

마녀는 도로시가 열심히 일하는 사이, 자기는 뜰에 가서 겁쟁이 사자에게 말처럼 마구를 채워야겠다고 생각했다. 자기가 원할 때마다 사자가 끄는 마차를 타고 다니면 너무 즐거울 것 같았다. 하지만 마녀가 울타리 문을 열자 사자가 엄청나

게 큰 소리로 울부짖으며 사납게 달려들었기에, 마녀는 겁을 먹고 다시 문을 닫은 뒤 도망치고 말았다.

마녀가 울타리 밖에서 사자에게 말했다.

"너에게 마구를 채울 수 없다면 굶기는 수밖에 없지. 내가 시키는 대로 할 때까지 먹을 걸 주지 않겠다."

그 이후로 마녀는 갇혀 있는 사자에게 아무런 음식도 주지 않았다. 하지만 매일 정오가 되면 철제 울타리 앞에 와서 물었다.

"말처럼 마구를 찰 준비가 되었느냐?"

그러면 사자는 이렇게 대답했다.

"아니. 여기 들어오면 바로 물어버릴 거야."

사실 사자가 마녀에게 쉽사리 굴복하지 않은 건 매일 밤 마녀가 잠든 사이에 도로시가 찬장에서 음식을 꺼내 갖다 주었기 때문이다. 음식을 먹고 난 사자는 짚이 깔린 자리에 누웠고, 도로시는 사자의 부드럽고 텁수룩한 갈기 위에 머리를 얹고 옆에 누웠다. 그러고는 각자의 고충을 이야기하고 탈출 계획을 꾸미기도 했다. 하지만 그들은 성을 빠져나갈 방법을 찾지 못했다. 왜냐하면 노란 윙키들이 쉬지 않고 성을 지키고 있었기 때문이다. 윙키들은 사악한 마녀의 노예였으며, 마녀가 너무 무서워서 무엇이든 마녀가 시키는 대로 따라야 했다.

소녀는 낮 동안 열심히 일했다. 종종 마녀가 늘 들고 다니는 낡은 우산으로 때리겠다며 겁을 주었지만 감히 도로시를 때리지는 못했다. 다 이마에 있는 자국 때문이었다. 도로시는 그런 사실을 모른 채 늘 두려움에 떨었다. 한번은 마녀가 우산으로 토토를 한 대 때리자, 이 용감한 작은 개가 곧바로 달려들어 마녀의 다리를 물어버렸다. 그런데도 마녀는 피를 흘리지 않았다. 왜냐하면 몸이 너무 쇠약해서 이미 오래전에 피가 다 말라버렸기 때문이다.

캔자스와 엠 숙모에게로 돌아가기가 힘들 거라는 사실을 알게 되면서부터 도로시는 삶이 점점 더 서글퍼졌다. 때로는 몇 시간 동안 펑펑 울었다. 그러면 토토는 도로시의 발치에 앉아 침울하게 낑낑거렸다. 자신이 어린 주인을 얼마나 안타깝게 생각하는지 보여주려는 듯이. 사실 토토는 도로시와 함께 있기만 한다면 그곳이 오즈의 나라든 캔자스든 별로 상관없었다. 하지만 이 어린 소녀가 슬퍼하는 걸 알기에, 토토도 슬퍼질 수밖에 없었다.

사악한 마녀는 소녀가 늘 신고 있는 은색 구두를 손에 넣고 싶은 욕망에 사로잡혀 있었다. 하지만 그녀의 벌과 까마귀와 늑대가 모두 무더기로 쓰러져 죽어버렸고, 황금 모자의 힘도 다 써버린 상황이었다. 그럼에도 소녀의 은색 구두를 손에 넣기만 한다면 지금까지 써버린 모든 능력보다 더 강한 힘을 얻을 수 있을 것이었다. 마녀는 도로시를 유심히 살폈다. 도로시가 잠깐이라도 구두를 벗으면 그때 훔칠 속셈이었다. 하지만 도로시는 자신의 예쁜 구두가 너무나 자랑스러웠기에 밤에 씻을 때 말고는 절대로 벗지 않았다. 마녀는 어둠을 너무나 무서워했기에 구두를 훔치자고 밤중에 도로시의 방에 갈 엄두를 내지 못했다. 게다가 마녀는 어둠을 무서워하는 것 이상으로 훨씬 더 물을 무서워했기에, 도로시가 씻을 때 가까이 다가갈 수도 없는 노릇이었다. 사실 이 늙은 마녀는 절대로 물을 만지지 않았고, 어떤 식으로든 물에 닿으면 안 되었다.

그러나 사악한 마녀는 너무나 교활했기에, 끝내 자신이 원하는 걸 얻어낼 수 있는 속임수를 생각해냈다. 부엌 바닥 한가운데에 쇠막대기 하나를 갖다 놓고, 마법을 써서 인간의 눈으로는 볼 수 없게 만드는 것이었다. 실제로 도로시는 부엌에서 걸어가다가 보이지 않는 막대기에 발이 걸려 대자로 쓰러지고 말았다. 도로시는 크게 다치지 않았지만, 넘어지면서 구두 한 짝이 벗겨지고 말았다. 그런데 도로시가 구두를 향해 손을 뻗는 순간, 마녀가 얼른 구두를 낚아채어 앙상한 자기 발을 집어넣었다.

사악한 마녀는 자신의 계략이 성공해서 너무나 기뻤다. 구두 한 짝을 자기가 가지고 있는 한, 마법의 능력 중 절반도 자신의 것이었다. 도로시가 구두에 숨겨진 마법을 사용할 줄 알게 되더라도 그녀를 향해서는 쓸 수 없을 터였다.

예쁜 구두 한 짝을 잃어버리자 소녀는 화가 나서 마녀에게 소리쳤다.

"내 구두 돌려줘요!"

"그럴 순 없어. 이제 이건 네 구두가 아니라 내 구두야."

"정말 사악하군요! 당신에겐 내 구두를 빼앗아갈 권리가 없어요!"

도로시가 소리쳤다.

"내가 잘 보관할게. 그리고 언젠가 나머지 한 짝도 가져올 거야."

마녀가 웃으며 말했다.

그 말에 잔뜩 화가 난 도로시는 옆에 있는 물 양동이를 들어다 마녀에게 부어버렸다. 마녀는 머리부터 발끝까지 홀딱 젖고 말았다.

공포에 휩싸인 사악한 마녀는 비명을 내질렀다. 그리고 도로시가 놀라서 지켜보는 가운데, 마녀는 점점 쪼그라들어 사라져갔다.

"지금 네가 무슨 짓을 했는지 알아? 1분 안에 난 녹아서 없어질 거야."

마녀가 소리쳤다.

"정말 죄송해요."

도로시는 마녀가 자기 눈앞에서 흑설탕처럼 녹고 있자 진심으로 겁이 났다.

"내가 물에 닿으면 끝장이라는 걸 몰랐던 거야?"

마녀가 절망적인 목소리로 울부짖으며 물었다.

"당연히 몰랐죠. 제가 어떻게 알았겠어요!"

"하, 이제 곧 난 완전히 녹아버릴 거야. 그러면 네가 이 성의 주인이 되겠지. 내

평생 사악한 짓을 많이 했지만 너 같은 어린애가 날 녹여버릴 줄은 정말 몰랐어. 이렇게 내 악행이 끝나게 될 줄은 생각지도 못했다고. 자, 잘 봐라, 나는 간다!"

마녀는 그렇게 소리치며 형체도 없이 갈색 액체로 녹아버리더니, 깨끗한 부엌 바닥에 퍼지기 시작했다. 마녀가 완전히 녹아서 사라진 것을 확인한 도로시는 물 한 양동이를 더 길어서 바닥에 부어버렸다. 그러고는 문밖으로 깨끗이 쓸어냈다. 도로시는 마녀가 유일하게 남겨놓은 은색 구두를 집어 들었다. 그리고 구두를 깨끗이 닦고 천으로 물기를 훔친 뒤 다시 신었다. 마침내 원하던 대로 자유의 몸이 된 도로시는 뜰로 달려가 사자에게 말했다. 사악한 서쪽 마녀가 드디어 죽었다고, 이제 더 이상 이상한 곳에서 갇혀 지내지 않아도 된다고.

Chapter 13

구출

겁쟁이 사자는 사악한 마녀가 물 한 양동이에 녹아버렸다는 소식을 듣고 매우 기뻐했다. 도로시는 곧바로 울타리 문을 열어 사자를 풀어주었다. 둘은 함께 성으로 갔다. 도로시가 성에서 가장 먼저 한 일은 윙키들을 모두 불러모아 더 이상 노예가 아니라고 알려주는 것이었다.

노란 윙키들은 크게 기뻐했다. 아주 오랫동안 사악한 마녀를 위해 힘든 일을 했고, 마녀는 그들을 늘 함부로 대했기 때문이다. 그들은 오늘을 공휴일로 정해 기념하기로 하고, 마음껏 먹고 춤추며 시간을 보내기로 했다.

"우리 친구인 허수아비와 양철 나무꾼이 함께 있다면 훨씬 더 행복할 텐데."

사자가 말했다.

"우리가 그들을 구할 수는 없을까?"

도로시가 걱정스레 물었다.

"한번 해볼 수는 있지."

사자가 대답했다.

그리하여 둘은 노란 윙키들을 불러모아 친구들을 구출하는 걸 도와줄 수 있느냐고 물었다. 그러자 그들은 노예였던 자신들을 해방시켜준 도로시를 위해서라면 온 힘을 다해 즐겁게 돕겠다고 말했다. 그래서 도로시는 아는 게 많아 보이는 윙키를 몇 명 뽑아서 함께 길을 떠났다. 그날 하루를 꼬박 걷고 그다음 날도 한참 걸은 후에야 그들은 양철 나무꾼이 온통 찌그러지고 망가진 채 쓰러져 있는 바위투성이 들판에 도착했다. 근처에 도끼가 있었지만, 날이 녹슬고 손잡이도 부러져 있었다.

윙키들은 양철 나무꾼을 조심스레 들어 노란 성으로 옮겼다. 도로시는 친구의 불쌍한 처지를 보며 돌아가는 내내 눈물을 흘렸고, 사자도 줄곧 진지하고 슬픈 표정이었다. 성에 도착하자 도로시가 윙키들에게 말했다.

"여러분 중에 양철공이 있나요?"

"오, 물론입니다. 아주 뛰어난 양철공이 몇몇 있지요."

"그럼 좀 데려와주세요."

양철공들이 온갖 도구가 가득 든 양동이를 들고 도착하자 도로시가 부탁했다.

"양철 나무꾼의 찌그러진 부분을 펴주실 수 있을까요? 구부러진 곳은 원래 형태로 펴주시고, 부러진 곳은 납땜으로 붙여주시겠어요?"

양철공들은 나무꾼을 찬찬히 훑어보더니 원래 모습대로 수리할 수 있을 것 같다고 대답했다. 그리하여 그들은 성에 있는 커다란 노란 방에서 작업을 시작했다. 꼬박 사흘 낮, 나흘 밤 동안 양철 나무꾼의 다리와 몸과 머리를 망치질하고 구부리고 펴고, 땜질하고 윤기를 내고 두드린 끝에, 마침내 나무꾼은 원래 모습을 되찾았다. 관절도 예전처럼 잘 움직였다. 물론 몇 군데는 양철을 덧댔지만 양철공들의 솜씨가 무척 뛰어났다. 게다가 나무꾼은 허영심이 많지 않았기에 덧댄 부분 같은 건 별로 개의치 않았다.

구출

드디어 나무꾼이 도로시의 방으로 걸어 들어와 구출해주어 고맙다고 말했을 때, 나무꾼은 너무 기쁜 나머지 행복의 눈물을 흘렸다. 도로시는 그의 관절에 녹이 슬까봐 앞치마로 그의 얼굴에 흐르는 눈물을 일일이 닦아주어야 했다. 사자는 꼬리 끝으로 눈물을 계속 훔치는 바람에 꼬리가 축축해지고 말았다. 결국 사자는 성 밖 뜰로 나가 햇볕에 꼬리를 말려야 했다.

도로시가 그동안 있었던 일을 모두 전해주자 양철 나무꾼이 말했다.

"허수아비가 함께 있다면 훨씬 더 행복할 텐데."

"허수아비를 찾아봐야겠어."

소녀가 말했다.

그래서 이번에도 도로시는 윙키들을 불러 도움을 요청했다. 그들은 그날 하루를 꼬박 걷고 그다음 날에도 한참 걸은 후에야 날개 달린 원숭이들이 허수아비의 옷을 집어 던진 높은 나무 앞에 도착할 수 있었다.

나무는 굉장히 높았고, 몸통이 너무 만질만질해서 아무도 타고 올라갈 수가 없었다. 그러자 나무꾼이 얼른 말했다.

"내가 나무를 벨게. 그러면 허수아비의 옷을 챙길 수 있을 거야."

양철공들이 나무꾼의 몸을 수리하는 사이, 금세공인이었던 또 다른 윙키는 순금으로 나무꾼의 도끼 손잡이를 만들어주었다. 또 몇몇은 녹이 모두 없어질 때까지 도끼날을 갈아주었기에, 지금은 도끼날이 반짝반짝 은빛이 났다.

양철 나무꾼은 말을 끝내자마자 도끼질을 시작했다. 얼마 지나지 않아 나무는 큰 소리를 내며 쓰러졌고, 나뭇가지에 걸린 허수아비의 옷은 바닥에 나뒹굴었다.

도로시가 옷을 줍자, 윙키들이 그 옷을 성으로 가져가주었다. 그리고 성에서 깨끗하고 질 좋은 짚을 채우자, 짜잔! 예전처럼 멀쩡한 허수아비가 나타났다. 허수아비는 자기를 구해주어 정말 고맙다며 거듭 인사를 했다.

이제 다시 모인 도로시와 친구들은 노란 성에서 며칠 동안 행복한 나날을 보냈다. 성안에는 편안하게 지내는 데 필요한 모든 것이 마련되어 있었다.

그런데 어느 날 소녀는 엠 숙모가 생각났다.

"다시 오즈에게 돌아가야 해. 그리고 약속을 지키라고 해야지."

"그래, 드디어 나도 심장을 갖겠구나."

나무꾼이 말했다.

"그리고 난 뇌를 갖겠지."

허수아비가 신나서 말했다.

"그리고 난 용기를 갖겠지."

사자가 진지하게 말했다.

"그리고 난 캔자스로 돌아가겠지. 오, 내일 당장 에메랄드 시로 떠나자!"

도로시가 손뼉을 치며 소리쳤다.

모두가 도로시의 결정에 따르기로 했다. 다음 날 그들은 윙키들을 불러모아 작별 인사를 했다. 윙키들은 그들이 떠나는 걸 아쉬워했다. 특히나 양철 나무꾼이 무척 마음에 드는지 이곳에 남아 서쪽의 노란 땅을 다스려달라고 간청하기까지 했다. 하지만 그들의 결심이 굳음을 확인한 윙키들은 토토와 사자에게 각각 황금 목걸이를 선물했다. 도로시에게는 다이아몬드가 박힌 예쁜 팔찌를 주었고, 허수아비에게는 넘어지지 말라며 금으로 손잡이를 장식한 지팡이를 선물했다. 그리고 양철 나무꾼에게는 금과 귀한 보석으로 무늬를 넣은 은 기름통을 주었다.

도로시와 친구들도 윙키들에게 감사의 말을 해주었다. 그리고 팔이 아플 때까지 악수를 했다.

도로시는 여행하는 동안 먹을 음식을 바구니에 담으려고 마녀의 찬장을 열었다가 황금 모자를 발견했다. 자기 머리에 한번 써봤더니 꼭 맞았다. 도로시는 황금 모자의 마법에 대해 아는 게 없었지만, 그냥 너무 예뻐서 쓰고 가기로 마음먹었다. 그리고 이전에 썼던 모자는 바구니에 넣었다.

그리하여 여행 준비를 끝낸 일행은 에메랄드 시로 출발했다. 윙키들은 그들에게 만세삼창을 해주고, 또 행복한 일만 가득하기를 빌어주었다.

Chapter 14

날개 달린
원숭이들

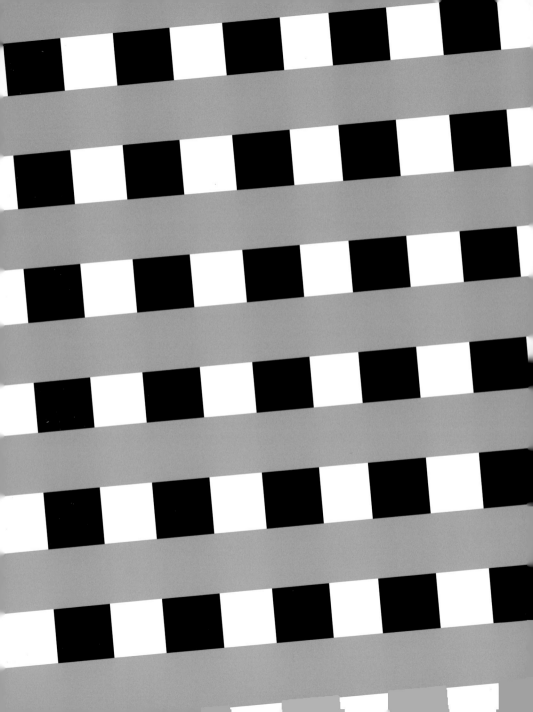

사악한 마녀의 성과 에메랄드 시 사이에는 길이 없다는 것, 그것도 좁은 오솔길조차 없다는 것을 기억할 것이다. 네 명의 여행자가 마녀를 찾아나서자, 마녀가 그들을 발견하고 날개 달린 원숭이들을 시켜 데려오게 했다. 노란 데이지와 미나리아재비가 자라는 넓은 들판을 뚫고 길을 찾으려니 원숭이들에게 들려서 옮겨진 것보다 훨씬 더 힘들었다. 물론 떠오르는 태양을 향해, 곧장 동쪽으로 가면 된다는 건 알고 있기에 당연히 그렇게 했다. 하지만 태양이 머리 위로 떠오른 정오가 되자 어느 쪽이 동쪽이고 어느 쪽이 서쪽인지 분간할 수 없었고, 그들은 너른 들판에서 길을 잃고 말았다. 그래도 계속 걸었고, 밤이 되자 달이 떠서 밝게 비추었다. 그들은 좋은 향기가 나는 노란 꽃들 속에 드러누워 아침이 올 때까지 푹 잤다. 물론 허수아비와 양철 나무꾼은 제외하고.

다음 날 아침엔 태양이 구름 뒤에 숨어 있었지만, 다들 어느 쪽으로 가야 하는지 잘 알고 있다는 듯이 출발했다.

"꽤 많이 걸었으니 이제 어딘가에 도착할 때도 됐는데."

도로시가 말했다.

하지만 몇 날 며칠이 지나도 그들의 눈앞엔 진홍색 들판 외에 아무것도 보이지 않았다. 허수아비가 투덜거리기 시작했다.

"길을 잃은 게 틀림없어. 에메랄드 시로 가는 길을 얼른 찾지 못하면 난 영영 뇌를 갖지 못할 거야."

그러자 양철 나무꾼도 말했다.

"그럼 난 심장을 갖지 못하겠지. 얼마나 더 견뎌야 오즈의 나라에 도착할 수 있는 거야? 이미 충분히 오래 걷지 않았어?"

겁쟁이 사자도 훌쩍이며 말했다.

"난 어디에도 도착하지 못하고 계속 걸어 다닐 만한 용기가 없어."

도로시도 자신감이 없었다. 도로시는 풀밭에 앉아 동료들을 쳐다보았다. 동료들도 자리에 앉아 도로시를 쳐다보았다. 토토 역시 너무 피곤해서 난생처음 머리 위를 날아다니는 나비를 보고도 쫓아다니지 않을 정도였다. 토토는 혀를 내밀고 헥헥거리며 이제 어떻게 해야 할지 묻는 얼굴로 도로시를 쳐다보았다.

"들쥐를 부르는 건 어떨까. 어쩌면 에메랄드 시로 가는 길을 알지도 몰라."

도로시가 제안했다.

"그러네. 왜 그 생각을 못했을까?"

허수아비가 소리쳤다.

도로시는 들쥐의 여왕에게서 선물 받은 뒤로 줄곧 목에 걸고 다닌 조그만 호루라기를 불었다. 몇 분도 안 되어 조그만 발들이 와다닥 달려오는 소리가 들렸다. 실제로 작은 회색 생쥐들이 도로시를 향해 뛰어오고 있었다. 그 사이에 있던 여왕이 찍찍거리는 작은 목소리로 물었다.

"무엇을 도와줄까, 친구들?"

"길을 잃었어요. 에메랄드 시로 가는 길을 알려주실 수 있나요?"

도로시가 물었다.

"물론이지. 하지만 여태 엉뚱한 길로 너무 많이 걸어왔기 때문에 아주 오래 걸릴 거야."

여왕이 대답했다. 하지만 여왕이 도로시의 황금 모자를 보더니 이렇게 말했다.

"모자의 마법을 사용해보지 그래? 날개 달린 원숭이들을 부르면 되잖아! 원숭이들이 한 시간 내로 너희를 에메랄드 시에 데려다줄 거야."

"모자에 마법이 있는 줄은 몰랐어요. 어떤 마법인데요?"

도로시가 놀라서 물었다.

"황금 모자 안쪽에 적혀 있을 거야. 하지만 날개 달린 원숭이들을 부를 거면 우린 도망쳐야 해. 원숭이들은 너무 심술궂은데다 장난삼아 우리를 괴롭히거든."

생쥐 여왕이 말했다.

"원숭이들이 우리를 해치진 않을까요?"

도로시가 걱정스레 물었다.

"오, 그럴 일은 없어. 그들은 모자를 쓴 사람의 말에 복종하거든. 그럼 우린 갈게!"

그렇게 여왕은 생쥐들을 이끌고 날쌔게 사라졌다.

도로시는 곧바로 황금 모자 안쪽을 확인했고 안감 위쪽에 적힌 글자가 눈에 띄었다. 아무래도 그 글자가 마법의 주문인 것 같아서, 도로시는 적혀 있는 글을 조심스레 읽고 머리에 모자를 썼다.

"엡페, 펩페, 칵케!"

도로시가 왼발로 서서 말했다.

"뭐라고 한 거야?"

허수아비가 물었다. 그는 도로시가 도대체 뭘 하는지 알 수가 없었다.

"힐로, 홀로, 헬로!"

이번에 도로시는 오른발로 서서 말했다.

"헬로!"

양철 나무꾼이 조용히 대꾸했다.

"짓지, 줏지, 직!"

도로시가 이번엔 두 발로 서서 말했다. 마법의 주문이 끝나자 끽끽거리는 소리와 날개 파닥이는 소리가 들리면서, 날개 달린 원숭이 무리가 일행에게로 날아왔다.

원숭이 왕이 도로시 앞에서 고개 숙여 인사하고 물었다.

"무엇을 명령하실 겁니까?"

"에메랄드 시에 가고 싶어. 길을 잃었거든."

도로시가 대답했다.

"저희가 모셔다드리겠습니다."

왕이 대답하자마자 원숭이 두 마리가 도로시의 팔을 잡고 날아올랐다. 뒤이어 다른 원숭이들이 허수아비와 나무꾼, 사자를 잡고 날아올랐다. 작은 원숭이 한 마리는 자꾸 물려고 하는 토토를 꽉 잡고 그들을 쫓아갔다.

처음에 허수아비와 양철 나무꾼은 꽤나 놀랐다. 날개 달린 원숭이들이 저질렀던 끔찍한 짓을 똑똑히 기억하고 있기 때문이었다. 하지만 원숭이들에게 나쁜 의도가 없음을 알았고, 그 후에는 기분 좋게 하늘을 날 수 있었다. 둘은 발밑으로 펼쳐지는 아름다운 정원과 숲을 내려다보며 즐거운 시간을 보냈다.

도로시는 몸집이 엄청 큰 원숭이 사이에서 편안하게 비행하고 있었다. 둘 중 하나는 원숭이 왕이었다. 그들은 손으로 의자를 만들어 도로시가 다치지 않도록 주의를 기울였다.

"너희는 왜 황금 모자의 마법에 복종하는 거야?"

도로시가 물었다.

"이야기하자면 깁니다."

왕이 웃으며 대답했다.

"하지만 아직 한참을 가야 하니까 원한다면 그 이야기를 들려드리지요."

"꼭 들어보고 싶어."

도로시가 대답했다.

"한때는 우리도 자유로웠습니다. 넓은 숲에서 행복하게 살았죠. 이 나무에서 저 나무로 날아다니고, 견과류와 과일을 먹고, 그 누구도 주인이라 부르지 않으며 우리가 좋아하는 일을 했어요. 어쩌면 당시 우리 중 몇몇은 장난이 좀 심했던 것 같아요. 날아다니다가 날개가 없는 다른 동물들의 꼬리를 잡아당기기도 하고, 새를 쫓기도 하고, 숲을 지나다니는 사람들에게 견과류를 던지기도 했죠. 하지만 우리는 걱정이 없었고, 행복했으며, 마냥 즐거웠어요. 매일 매 순간을 즐겼죠. 아주

오래전 이야기입니다. 오즈가 구름 속에서 나타나 이 땅을 다스리기 한참 전의 일이지요.

북쪽으로 한참 떨어진 곳에 아름다운 공주가 살았어요. 공주 역시 강력한 마법사였죠. 공주는 다른 사람을 돕는 데만 마법을 사용했고 착한 사람은 절대 해치지 않았어요. 그녀의 이름은 게일레트였고, 루비 덩어리로 지은 멋진 성에 살고 있었죠. 모두가 공주를 좋아했지만, 공주의 가장 큰 슬픔은 자신을 사랑해주는 남자가 없다는 것이었어요. 아름답고 현명한 공주의 짝이 되기엔 남자들이 하나같이 멍청하고 못생겼거든요. 하지만 마침내 공주는 잘생기고 남자답고 나이에 비해 현명한 소년을 찾았어요. 게일레트는 그 소년이 자라 어른이 되면 남편으로 삼아야겠다고 결심했어요. 그래서 소년을 루비 궁전으로 데려와, 자신의 모든 마법을 사용해 여자라면 누구나 탐낼 강하고 착하고 사랑스러운 남자로 만들었어요. 쿠엘랄라로 불린 그는 성인이 되었을 때 세상에서 가장 멋지고 현명한 남자였다고 해요. 그의 남성미가 너무나 대단했기에, 게일레트는 그를 굉장히 사랑했고 결혼식을 위해 모든 준비를 서둘렀습니다.

당시 우리 할아버지는 게일레트의 궁전 근처 숲에 살던 날개 달린 원숭이들의 왕이었어요. 할아버지는 근사한 저녁 식사보다 장난을 더 좋아한 분이었죠. 결혼식을 앞둔 어느 날, 다른 원숭이들과 함께 하늘을 날던 할아버지는 강가를 걸어가는 쿠엘랄라를 보았어요. 쿠엘랄라는 분홍색 실크와 보라색 벨벳으로 만든 값비싼 옷을 입었고, 할아버지는 그에게 장난을 쳐보고 싶었지요. 할아버지의 명령에 원숭이들은 땅으로 내려와 쿠엘랄라를 붙잡았고, 그를 강 한가운데로 데려가 물에 빠뜨려버렸습니다.

'헤엄쳐 나와봐, 멋진 친구. 그 옷에 물이 묻으면 어떻게 되는지 보자고.'

할아버지가 말했습니다. 쿠엘랄라는 수영을 할 줄 알았고, 운이 좋아 어느 한 곳도 다치지 않았지요. 그는 웃으며 물 위로 떠올라 강가까지 헤엄을 쳤습니다. 그런데 마침 게일레트가 지나가다가 쿠엘랄라의 실크와 벨벳이 강물에 엉망이 된 걸 보게 되었죠.

공주는 화가 났고 당연히 누가 그런 짓을 했는지 알고 있었어요. 공주는 날개 달린 원숭이들을 불러모아 말했습니다. 당장 원숭이들의 날개를 묶어, 쿠엘랄라가 당한 것처럼 똑같이 강물에 떨어뜨려주겠다고요. 하지만 우리 할아버지가 간곡하게 빌었지요. 날개가 묶인 원숭이들은 물에 빠져 죽고 말 테니까요. 쿠엘랄라도 원숭이 편을 들어주었고요. 그리하여 게일레트는 원숭이들을 봐주기로 했습니다. 대신 황금 모자 주인의 요청에 세 번 응해야 한다는 조건을 걸었지요. 그 모자는 원래 쿠엘랄라의 결혼식 선물로 만든 것이었습니다. 무려 왕국의 절반을 팔아서 만들었다는 소문이 있었지요. 우리 할아버지와 다른 원숭이들은 당연히 그 조건을 받아들였습니다. 그리하여 우리는 황금 모자의 주인이 누구든, 그에게 세 번 복종하게 된 것입니다."

"그 두 사람은 어떻게 되었지?"

이야기에 크게 관심을 보인 도로시가 물었다.

"황금 모자의 첫 주인이 된 쿠엘랄라는 자신의 첫 소원을 우리에게 썼습니다. 그는 자신의 아내가 우리를 보기 싫어한다며, 결혼 후 우리를 숲으로 불러모았습니다. 그리고 절대 아내의 눈에 띄지 않는 곳에서 살라고 명령했습니다. 우리 역시 반가웠습니다. 우리도 공주가 두려웠으니까요.

우리가 지켜야 할 약속은 그것뿐이었습니다. 그러다 황금 모자가 사악한 서쪽 마녀의 손에 들어갔지요. 마녀는 우리를 시켜 윙키를 노예로 만들었고, 그 후에는 오즈를 서쪽 땅에서 몰아냈어요. 이제 황금 모자는 당신 것이네요. 그러니 우리에게 세 번의 소원을 빌 수 있습니다."

원숭이 왕이 이야기를 끝내자 도로시는 아래를 내려다보았다. 눈앞에 에메랄드 시의 반짝이는 초록색 성벽이 보였다. 도로시는 원숭이들이 이렇게 빨리 날 수 있다는 게 놀라웠다. 그리고 드디어 여행이 끝났다는 게 더 반가웠다. 원숭이들은 성문 앞에다 여행자들을 조심스레 내려놓았다. 원숭이 왕은 도로시에게 머리 숙여 인사를 하더니 원숭이 무리를 몰고 서둘러 날아갔다.

"멋진 비행이었어."

소녀가 말했다.

"맞아. 덕분에 곤경에서 빨리 벗어났어. 네가 그 멋진 모자를 가지고 와서 얼마나 다행인지 몰라!"

사자가 말했다.

Chapter 15

무시무시한
오즈의 정체

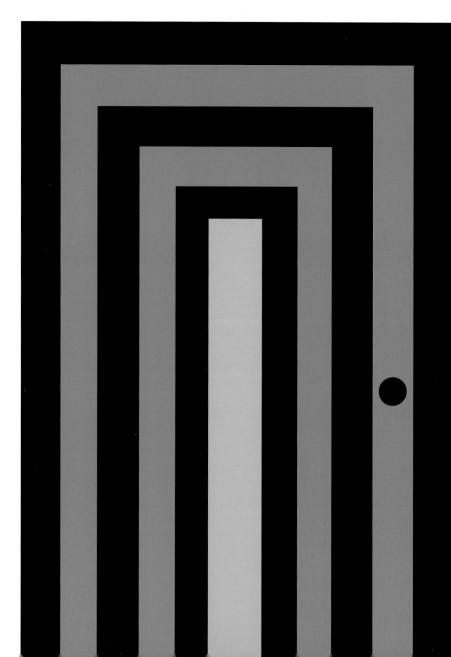

여행자 넷은 에메랄드 시의 커다란 문으로 걸어가 종을 울렸다. 종이 몇 번 울리자 예전에 만났던 문지기가 문을 열어주었다.

"세상에! 다시 돌아온 건가요?"

그가 놀라서 물었다.

"보시다시피요."

허수아비가 대답했다.

"하지만 저는 여러분이 사악한 서쪽 마녀를 만나러 간 줄 알았는데요."

"만났어요."

허수아비가 말했다.

"그런데 마녀가 여러분을 그냥 보내주던가요?"

문지기가 신기한 듯 물었다.

"그럴 필요가 없었어요. 마녀가 녹아버렸거든요."

허수아비가 설명했다.

"녹아버리다니! 오, 그것참 좋은 소식이네요. 누가 마녀를 녹였죠?"

"도로시가요."

사자가 심각하게 말했다.

"그럴 수가!"

문지기는 감탄하더니 도로시에게 허리 숙여 인사를 했다.

문지기는 그들을 작은 방으로 데려가더니 예전에 했던 그대로, 커다란 상자에서 안경을 꺼내 씌워주었다. 그리하여 그들은 에메랄드 시 안으로 들어갔다. 문지기로부터 도로시가 사악한 서쪽 마녀를 녹여버렸다는 이야기를 들은 사람들이 여행자들 주변으로 몰려들었다. 그리고 오즈의 궁전까지 무리를 지어 따라왔다.

여전히 문 앞에서 보초를 서고 있던 초록 구레나룻 병사가 그들을 곧장 안으로 안내했다. 아름다운 초록색 소녀가 그들을 맞아주었다. 그녀는 이번에도 여행자들에게 각자의 방으로 안내해주었고, 덕분에 그들은 위대한 오즈가 만남을 허락할 때까지 편히 쉴 수 있었다.

병사는 도로시와 친구들이 사악한 마녀를 없앤 뒤 돌아왔다는 소식을 곧바로 오즈에게 전했다. 하지만 오즈는 아무 대답이 없었다. 위대한 마법사가 곧바로 그들을 부를 줄 알았는데, 아니었다. 다음 날에도, 그다음 날에도, 또 그다음 날에도 오즈는 아무런 말이 없었다. 마냥 기다리자니 짜증이 나고 지쳤다. 그렇게나 힘들고 어려운 일을 겪게 만들더니 결국 이렇게 푸대접을 하는 오즈에게 다들 잔뜩 화가 났다. 참다못한 허수아비가 초록색 소녀를 불러 오즈에게 전해달라고 부탁했다. 지금 당장 만나주지 않으면 날개 달린 원숭이들을 불러 도와달라고 하겠다고, 또 오즈가 한 약속을 지키는지 안 지키는지 지켜보겠다고. 이야기를 전달받은 마법사는 깜짝 놀라서 당장 다음 날 9시 4분에 알현실로 오라는 답을 해주었다. 서쪽 땅에서 날개 달린 원숭이를 만났던 오즈는 다시는 그들을 마주하고 싶지 않았다.

네 명의 여행자는 오즈가 주기로 약속한 선물을 생각하느라, 다들 한숨도 못 자고 밤을 지새웠다. 딱 한 번 잠이 든 도로시는 캔자스에 있는 꿈을 꾸었다. 꿈속에서 엠 숙모는 집으로 돌아와 얼마나 반가운지 모른다고 이야기하고 있었다.

다음 날 아침 9시 정각에 초록 구레나룻 병사가 그들을 데리러 왔다. 그리고 4분 후, 그들은 모두 위대한 오즈의 알현실로 들어갔다.

당연히 모두들 이전에 보았던 마법사의 모습을 다시 보게 될 거라 기대하고 있었다. 하지만 알현실에는 아무도 없었다. 그들은 하나같이 크게 놀랐다. 그들은 문에 바짝 다가가 서로 다닥다닥 붙어 있었다. 텅 빈 방의 고요함이 그 어떤 형상의 오즈보다도 무시무시했기 때문이다.

곧 그들은 근엄한 목소리를 들었다. 높은 돔 지붕 꼭대기 언저리에서 들려오는 듯한 목소리였다.

"나는 위대하고 무시무시한 오즈다. 왜 나를 찾아온 것이냐?"

그들은 방 구석구석을 다시 둘러보았다. 하지만 역시나 아무도 없었고, 결국 도로시가 물었다.

"어디에 계신가요?"

"난 어디에나 있다. 하지만 평범한 인간의 눈에는 보이지 않지. 내가 곧 왕좌에 앉을 것이다. 대화를 하도록 하자."

실제로 그의 목소리는 왕좌에서 들려오는 것 같았다. 그래서 다들 왕좌 쪽으로 걸어가 한 줄로 섰다. 도로시가 말했다.

"약속한 걸 받으러 왔어요, 오즈님."

"무슨 약속?"

오즈가 물었다.

"사악한 마녀를 죽이면 캔자스로 돌려보내주겠다고 약속했잖아요."

소녀가 말했다.

"그리고 저에게는 뇌를 주겠다고 약속했어요."

허수아비가 말했다.

"그리고 저에게는 심장을 주겠다고 약속했어요."

양철 나무꾼이 말했다.

"그리고 저에게는 용기를 주겠다고 약속했어요."

겁쟁이 사자가 말했다.

"사악한 마녀가 정말 죽었느냐?"

목소리가 물었다. 그의 목소리가 살짝 떨리는 것 같았다.

"네. 물 한 양동이로 녹여버렸어요."

"세상에, 너무 갑작스럽군. 흠, 내일 다시 오거라. 생각할 시간이 필요하다."

"이미 생각할 시간은 충분했잖아요."

양철 나무꾼이 화를 냈다.

"이제 하루도 더 기다릴 수 없어요."

허수아비가 말했다.

"약속을 지키셔야죠!"

도로시가 소리쳤다.

사자는 마법사를 겁주는 게 좋겠다고 생각해, 큰 소리로 우렁차게 울부짖었다. 어찌나 사납고 무서웠는지 토토가 놀라서 도망치다 구석에 서 있는 칸막이를 넘어뜨렸다. 칸막이가 요란한 소리를 내며 넘어지자 다들 그쪽으로 눈길을 돌렸고, 그다음 순간 모두가 놀라움에 휩싸이고 말았다. 칸막이로 가려져 있는 자리에 조그맣고 나이 든 사람이 서 있었기 때문이다. 대머리에 주름진 얼굴의 노인 역시 도로시와 친구들만큼이나 크게 놀란 눈치였다. 양철 나무꾼은 도끼를 들고 노인에게 달려가 소리쳤다.

"당신은 누구야?"

"난 위대하고 무시무시한 오즈다."

노인이 떨리는 목소리로 대답했다.

"그걸로 날 후려치지 마라. 제발 부탁한다. 네가 원하는 거라면 뭐든 들어주마."

우리의 친구들은 놀라움과 실망으로 가득 차서 그를 바라보았다.

"난 오즈가 거대한 머리인 줄 알았어."

도로시가 말했다.

"그리고 난 오즈가 아름다운 여인인 줄 알았어."

허수아비가 말했다.

"그리고 난 오즈가 끔찍한 짐승인 줄 알았어."

양철 나무꾼이 말했다.

"그리고 난 오즈가 불덩이인 줄 알았어."

사자가 외쳤다.

"아니, 모두 다 틀렸어. 그렇게 믿게 만든 거지."

조그만 남자가 얌전하게 말했다.

"믿게 만들다니! 당신은 위대한 마법사가 아닌가요?"

도로시가 소리쳤다.

"쉿, 그렇게 큰 소리로 말하지 마. 누가 엿듣기라도 하면 아주 큰일 난다고. 난 위대한 마법사인 척해야 한단 말이야."

"그럼 아니라는 거예요?"

도로시가 물었다.

"전혀 아니지. 난 그저 평범한 사람이야."

"평범한 사람이라니요. 당신은 사기꾼이네요."

허수아비가 비장한 말투로 말했다.

"정확하군! 난 사기꾼이야."

조그만 남자가 허수아비의 말이 마음에 들었는지 두 손을 비비며 소리쳤다.

"너무 끔찍해. 이제 난 무슨 수로 심장을 얻지?"

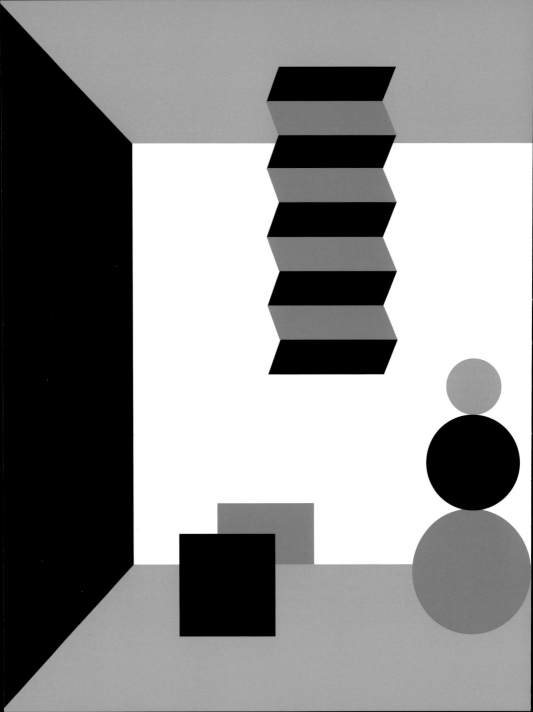

양철 나무꾼이 말했다.

"내 용기는?"

사자가 물었다.

"내 뇌는?"

허수아비가 눈에서 흐르는 눈물을 옷소매로 닦으며 울부
짖었다.

"소중한 친구들, 오늘 일은 부디 비밀로 지켜주면 좋겠어.
내 생각을 좀 해줘. 발각되는 순간 내가 얼마나 곤란해질지."

오즈가 말했다.

"당신이 사기꾼이라는 걸 아무도 모르나요?"

도로시가 물었다.

"너희 넷과 나 말고는 아무도 모르지. 너무나 오랫동안 모
두를 속여왔기에 절대 발각되지 않을 거라고 생각했어. 너희를

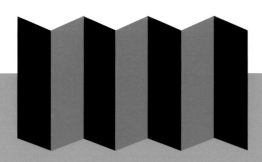

알현실로 부른 게 큰 실수였어. 보통은 내 신하들도 만나지 않기 때문에, 다들 내가 대단하다고 믿고 있거든."

오즈가 대답했다.

"하지만 이해가 안 돼요. 제 앞에 거대한 머리로 나타난 건 어떻게 한 거예요?"

도로시가 의아해하며 물었다.

"그건 속임수였지. 이리로 와봐. 내가 다 이야기해줄게."

오즈가 말했다.

그는 알현실 뒤에 있는 작은 방으로 그들을 안내했다. 그가 한쪽 구석을 가리켰다. 그곳엔 두꺼운 종이로 만들어 세심하게 칠을 한 거대한 머리가 놓여 있었다.

"철사를 이용해 이걸 천장에 매달았지. 난 칸막이 뒤에 숨어서 실을 당겨 눈과 입을 움직이게 했어."

"하지만 목소리는요?"

도로시가 물었다.

"오, 난 복화술사야. 내가 원하는 곳 어디로든 내 목소리를 보낼 수 있어. 그러니 넌 머리에서 소리가 나는 줄 알았겠지. 너희를 속일 때 사용했던 다른 것들도 여기 다 있지."

그는 허수아비에게 아름다운 여인의 모습으로 변신했을 때 사용한 드레스와 가면을 보여주었다. 양철 나무꾼은 끔찍한 짐승이라고 생각했던 것이 겨우 옆구리가 삐져나오지 않게 덕지덕지 꿰맨 가죽 조각이라는 걸 알게 되었다. 불덩이는 가짜 마법사가 역시나 천장에 매단 것이었다. 실제로는 솜뭉치에 기름을 부어놓은 것이라 그렇게 활활 탔던 것이다.

"세상에, 이런 사기꾼이라는 걸 자기 자신에게 부끄러운 줄 아세요."

허수아비가 말했다.

"부끄러워, 정말 그래."

작은 남자가 슬픈 목소리로 말했다.

"하지만 내가 할 줄 아는 게 이거밖에 없어. 자, 다들 앉아봐. 의자는 충분하니까. 너희에게 내 이야기를 들려주지."

그리하여 그들은 자리에 앉아 그의 이야기를 들었다.

"난 오마하에서 태어났지."

"어머, 캔자스에서 그리 멀지 않은 곳이네요!"

도로시가 소리쳤다.

"그래, 하지만 여기서는 아주 멀지."

그가 도로시를 보며 슬픈 표정으로 고개를 저었다.

"난 자라서 복화술사가 되었어. 그것도 대가에게 제대로 훈련을 받았어. 난 모든 종류의 새와 짐승 소리를 흉내 낼 수 있지."

그러면서 그가 아기 고양이 소리를 내자, 토토가 귀를 쫑긋 세우고 고양이를 찾아 주위를 두리번거렸다.

"얼마 후 나는 그것에 싫증이 나서 열기구 타는 사람이 되었어."

"그게 뭔데요?"

도로시가 물었다.

"서커스가 있는 날 열기구를 타고 올라가는 사람이야. 서커스를 보러 오도록 사람들을 불러모으는 일을 하지."

그가 설명했다.

"오, 알겠어요."

"어느 날 열기구를 타고 올라갔는데 그만 밧줄이 꼬여버렸어. 난 다시 땅으로 내려가지 못하게 되었지. 열기구는 계속 하늘 위로 올라가다가 기류를 만났고, 그

기류가 나를 아주 멀고 먼 곳으로 옮겨놓았어. 꼬박 하루 낮과 하룻밤을 날아가다가 두 번째 날 아침, 잠에서 깬 나는 열기구가 이상하고 아름다운 곳에 떠 있는 걸 알아챘어.

열기구는 아주 천천히 땅으로 내려갔고 난 하나도 다치지 않았지. 그런데 난 이상한 사람들에게 둘러싸였어. 사람들은 구름에서 내려온 나를 보더니 위대한 마법사라고 생각했지. 물론 난 사람들이 그렇게 생각하도록 내버려뒀어. 왜냐하면 나를 무서워하면서 내가 원하는 건 뭐든 하겠다고 약속했거든.

난 나의 즐거움을 위해서, 이 선량한 사람들을 바쁘게 만들어주기 위해서 이 도시와 궁전을 건설하라고 명령했어. 그들은 기꺼이 그렇게 하더군. 난 초록빛이 가득하고 아름다운 이 땅을 보고 에메랄드 시라고 부르기로 했어. 그리고 그 이름이 더 잘 어울리도록 사람들에게 초록 안경을 쓰게 했지. 그들의 눈에 모든 것이 초록색으로 보이도록 말이야."

"그럼 이곳의 모든 게 초록색이 아니었어요?"

도로시가 물었다.

"다른 도시와 다를 바 없어. 하지만 네가 초록 안경을 쓰면 네 눈에는 모든 게 초록색으로 보이는 거야. 에메랄드 시는 아주 오래전에 만들어졌어. 열기구를 타고 여기 왔을 때 난 젊은이였지만 지금은 이렇게 늙어버렸으니까. 하지만 사람들은 너무나 오랫동안 초록 안경을 끼고 살았기 때문에 대부분 이곳이 진짜 에메랄드빛 도시인 줄 알아. 물론 이곳은 보석과 진귀한 금속이 풍부하고 아름다워. 사람들이 행복하게 살아가는 데 필요한 모든 것이 넘쳐나지. 난 사람들에게 잘해줬어. 그들도 나를 좋아하고. 하지만 궁전이 지어진 이후로 난 모습을 감추고 그 누구와도 만나지 않았어.

나의 가장 큰 두려움 중 하나는 마녀들이었어. 난 마법의 능력이 하나도 없는

데 마녀들은 온갖 놀라운 일을 할 수 있다는 걸 알게 되었거든. 이곳에는 네 명의 마녀가 있어. 각각 북쪽, 남쪽, 동쪽, 서쪽에 사는 사람들을 다스리지. 다행히 북쪽과 남쪽 마녀는 착해. 그들은 내게 아무런 해를 끼치지 않으리라는 걸 알고 있었어. 하지만 동쪽과 서쪽 마녀는 어마어마하게 사악했어. 내가 자기들보다 더 강한 능력이 있다고 생각했기 때문에 날 없애려 하지 않은 거야. 그리하여 나는 오랜 시간 동안 끔찍한 두려움을 안고 살았어. 그러니까 너희 집이 사악한 동쪽 마녀 위로 떨어졌다는 소식을 듣고 내가 얼마나 기뻐했을지 상상할 수 있을 거야. 난 네가 날 찾아왔을 때, 서쪽 마녀를 없애주기만 한다면 널 위해 무엇이라도 할 작정이었어. 하지만 넌 정말로 그녀를 녹여서 없애버렸는데, 부끄럽게도 난 약속을 지킬 수가 없어."

"당신은 정말 나쁜 사람이에요."

도로시가 말했다.

"오, 아니야, 난 정말 좋은 사람이란다. 하지만 정말 형편없는 마법사이긴 해. 그건 인정한단다."

"저에게 뇌를 주실 수 없는 건가요?"

허수아비가 물었다.

"넌 뇌가 필요하지 않아. 넌 매일 무언가를 배우고 있어. 아기에겐 뇌가 있지만 아는 게 별로 없지. 우리에게 지식을 전해주는 유일한 방법은 경험이야. 네가 더 오래 살수록 넌 분명히 더 많은 것을 경험하게 될 거야."

"그게 사실일지도 모르죠. 하지만 저는 뇌를 받지 못하면 너무 불행할 텐데요."

허수아비가 말했다.

가짜 마법사가 그를 유심히 쳐다보더니 한숨을 쉬며 말했다.

"글쎄, 난 대단한 마술사가 아니지만 내일 아침 나를 다시 찾아온다면 네 머리에 뇌를 채워주마. 그 뇌를 어떻게 사용하는지는 말할 수 없어. 그건 네가 스스로 알아내야 해."

"오, 감사합니다, 감사합니다! 사용법은 제가 알아낼게요, 걱정 마세요!"

"그럼 제 용기는요?"

사자가 조심스레 물었다.

"너에겐 이미 용기가 충분한 것 같구나. 네게 필요한 건 자신감이야. 위험을 마주했을 때 두려워하지 않는 동물은 없어. 진정한 용기란 두려울 때에도 위험에 맞서는 거야. 그런 용기라면 이미 충분히 가지고 있어."

"그럴지도 모르지만 전 여전히 무서워요. 두려워한다는 사실조차 잊게 만드는 용기를 주지 않는다면 저는 너무 불행할 거예요."

"잘 알겠다. 내가 내일 그런 용기를 주도록 하지."

오즈가 대답했다.

"제 심장은요?"

양철 나무꾼이 물었다.

"난 네가 심장을 원하는 게 잘못되었다고 생각해. 심장은 대부분의 사람을 불행하게 만들어. 심장이 없어서 차라리 행운이라는 걸 알아야 해."

"그렇게 생각할 수도 있겠죠. 하지만 제게 심장을 주시기만 한다면, 저는 아무런 불평 없이 모든 불행을 견뎌낼 거예요."

"잘 알겠다. 너도 내일 오거라. 내가 심장을 줄 테니. 아주 오랫동안 마법사 노릇을 해왔으니 조금 더 해도 괜찮겠지."

"그럼 저는 캔자스에 어떻게 돌아가나요?"

도로시가 물었다.

"그건 좀 생각해보자. 이삼일 고민할 시간을 주면 너를 사막 너머로 실어다줄 방법을 찾아볼 테니. 그러는 동안 너희는 나의 손님으로서 대접받으며 지내면 돼. 궁전에 머무는 동안 내 신하들이 시중을 들어줄 거야. 아주 사소한 거라도 원하는 대로 다 들어줄 거야. 내가 도와주는 대신 나도 딱 하나만 부탁하자. 내가 사기꾼이라는 사실을 그 누구에게도 말하지 말고 비밀을 지켜줘."

　　그들은 오늘 알게 된 사실을 단 한마디도 하지 않겠다고 약속하고, 기분 좋게 각자의 방으로 돌아갔다. 도로시는 저 '위대하고 무시무시한 사기꾼'이 자신을 캔자스로 보낼 방법을 찾아낼 거라고 기대했다. 정말 그렇게만 해준다면 도로시 역시 기꺼이 모든 걸 용서할 생각이었다.

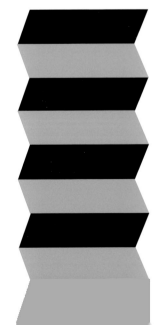

Chapter 16

위대한
사기꾼의
마술

다음 날 아침, 허수아비가 친구들에게 말했다.

"축하해줘. 드디어 오즈에게 뇌를 받을 수 있게 됐어. 돌아왔을 땐 나도 평범한 사람이 되어 있겠지."

"난 늘 있는 그대로의 너를 좋아했어."

도로시가 아무렇지 않게 말했다.

"허수아비를 좋아하다니, 참 친절하구나. 하지만 내가 새로운 뇌로 하게 될 멋진 생각들을 듣게 되면 나를 다시 보게 될 거야."

그렇게 그는 명랑한 목소리로 인사한 뒤 알현실로 가서 문을 똑똑 두드렸다.

"들어오너라."

오즈가 말했다.

허수아비가 안으로 들어가자 조그만 남자가 창가에 앉아 깊은 생각에 잠겨 있었다.

"뇌를 받으러 왔어요."

허수아비가 살짝 긴장한 채 말했다.

"아, 그래. 의자에 앉게나. 자네 머리를 떼어낼 테니 부디 양해해주게. 뇌를 올바른 위치에 넣으려면 그러는 수밖에 없거든."

"괜찮아요. 다시 머리를 붙였을 때 지금보다 나아질 수만 있다면 상관없어요."

그래서 마법사는 그의 머리를 떼어내어 안에 들어 있는 짚을 꺼냈다. 그런 다음 뒷방으로 들어가 겨를 잔뜩 가져오더니 많은 양의 핀, 바늘과 뒤섞었다. 마법사는 그것들을 잘 섞은 후 허수아비의 머리에 채워 넣었다. 그리고 고정시키기 위해 빈 공간을 짚으로 메웠다.

그는 허수아비의 머리를 몸통에 갖다 붙이고는 이렇게 말했다.

"이제 자넨 멋진 남자가 될 거야. 내가 완전히 새로운 뇌를 주었으니까."

허수아비는 자신의 큰 소원을 이루자 기쁘기도 하고 자랑스럽기도 했다. 그는 오즈에게 따뜻한 감사 인사를 한 뒤 친구들에게로 돌아갔다.

도로시는 허수아비를 신기하게 쳐다보았다. 그의 머리 꼭대기가 뇌 때문에 불룩하게 튀어나와 있었기 때문이다.

"기분이 어때?"

도로시가 물었다.

"정말로 똑똑해진 기분이야. 내 뇌에 익숙해지기만 하면 모든 걸 알 수 있게 될 거야."

"그런데 바늘이랑 핀은 왜 삐져나와 있는 거야?"

양철 나무꾼이 물었다.

"허수아비가 이제 날카로워졌다는 증거겠지."

사자가 말했다.

"흠, 그럼 이제 난 오즈에게 가서 심장을 받겠어."

나무꾼이 말했다. 그는 알현실로 가서 문을 두드렸다.

"들어오게."

오즈가 외쳤고, 나무꾼은 안으로 들어가며 말했다.

"심장을 받으러 왔어요."

"그래, 좋아. 그런데 우선 자네 가슴에 구멍을 뚫어야 해. 그래야 알맞은 자리에 심장을 넣을 수 있을 테니까. 부디 아프지 않으면 좋겠군."

"아, 괜찮아요. 저는 아픔을 전혀 느끼지 않으니까요."

나무꾼이 대답했다.

오즈는 양철공이 쓰는 가위를 가지고 오더니 양철 나무꾼의 왼쪽 가슴에 조그맣고 네모난 구멍을 뚫었다. 그런 다음 서랍장으로 다가가, 실크로 만들어 톱밥으로 속을 채운 예쁜 심장을 꺼내왔다.

"예쁘지 않나?"

오즈가 물었다.

"정말 예쁘네요!"

나무꾼이 크게 기뻐하며 대답했다.

"그런데 그거 친절한 심장인가요?"

"오, 물론이지!"

오즈는 그렇게 대답하고 나무꾼의 가슴에 심장을 집어넣었다. 그리고 잘라냈던 네모난 양철 조각을 납땜으로 붙여주었다.

"자, 이제 자넨 누구라도 자랑스러워할 심장을 갖게 되었네. 가슴에 자국을 남겨서 미안하지만, 어쩔 수가 없었네."

"땜질 자국은 신경 쓰지 마세요. 정말 감사합니다. 당신의 친절을 절대 잊지 못할 거예요."

행복한 나무꾼이 소리쳤다.

"그런 말 말게."

오즈가 대꾸했다.

그렇게 나무꾼은 친구들에게로 돌아갔다. 친구들은 그의 행운을 함께 축하해 주었다.

이번엔 사자가 알현실로 가서 문을 두드렸다.

"들어오게."

오즈가 말했다.

"용기를 가지러 왔습니다."

사자가 안으로 들어가며 말했다.

"좋아. 내가 주지."

작은 남자가 대답했다.

그는 찬장으로 가더니 제일 높은 선반에서 네모난 초록색 병을 꺼냈다. 그리고 아름답게 조각된 초록색 황금 접시에 내용물을 부었다. 접시를 겁쟁이 사자 앞에 두니 사자는 마음에 들지 않는 듯 킁킁거렸다. 오즈가 말했다.

"마시게."

"이게 뭔데요?"

"그게 자네 몸속에 들어가면 용기가 될 거야. 자네도 알다시피 용기란 늘 자신의 내부에 있는 것이지. 그러니 자네가 삼키기 전까지는 그걸 용기라고 부를 수 없어. 그러니 최대한 빨리 마시기를 권하네."

그 말에 사자는 더 이상 주저하지 않고 접시를 깨끗이 비웠다.

"이제 기분이 어떤가?"

오즈가 물었다.

"용기로 가득 찼어요."

사자는 그렇게 대답한 뒤 기분 좋게 친구들에게 돌아가 자신의 행운에 대해 이야기했다.

혼자 남은 오즈는 허수아비, 양철 나무꾼, 사자가 원하는 것을 정확히 들어준 것 같아서 자신의 성공을 떠올리며 미소를 지었다.

"다들 나에게 불가능한 일을 시키는데, 어떻게 내가 사기꾼이 되지 않을 수 있겠어? 허수아비와 사자, 나무꾼을 행복하게 만드는 건 쉬웠어. 그들은 내가 무엇이든 할 수 있다고 상상했으니까. 하지만 도로시를 캔자스로 돌려보내는 건 상상만으로 불가능해. 그건 어떻게 해결해야 할지 정말 모르겠군."

Chapter 17

열기구는 **어떻게** 떠올랐을까?

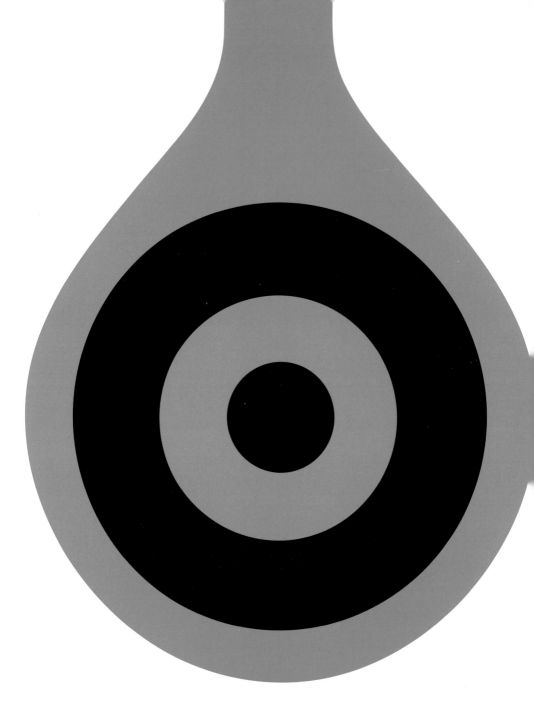

사흘 동안 도로시는 오즈에게서 아무런 말도 듣지 못했다. 친구들은 모두 행복하고 만족스러웠지만 어린 소녀에게는 슬픈 나날이 이어졌다. 허수아비는 대단한 생각이 떠올랐다고 말했다. 하지만 자기 말고는 이해해줄 사람이 아무도 없음을 알기에 무슨 생각인지 말하지 않을 거라고 했다. 양철 나무꾼은 걷다 말고 가슴에 있는 심장이 덜거덕거리는 걸 느꼈다. 그는 지금 자신의 심장이 인간의 몸이었을 때의 심장보다 더 친절하고 부드러운 것 같다고 도로시에게 말했다. 사자는 이제 세상에서 두려울 게 없다고 했다. 어떤 적이나 사나운 칼리다 열두 마리라도 거뜬히 상대할 수 있을 거라고 했다.

이처럼 모두가 만족스러웠지만 도로시만 예외였다. 도로시는 캔자스로 돌아가기를 그 어느 때보다도 간절히 바라고 있었다.

나흘째 되는 날이 되자 너무나 반갑게도 오즈가 도로시를 불렀다. 도로시가 알현실로 들어가자 오즈가 반갑게 맞아주었다.

"여기 앉아보아라. 드디어 이 땅에서 나가게 해줄 방법을 찾은 것 같다."

"그럼 캔자스로 돌아갈 수 있나요?"

도로시가 간절하게 물었다.

"흠, 캔자스라고 확신할 수는 없어. 그게 어느 쪽에 있는지 전혀 몰라서 말이야. 하지만 우선 사막을 건너고 나면 너희 집을 찾기가 훨씬 수월해질 거야."

오즈가 말했다.

"사막은 어떻게 건너는데요?"

"자, 내 생각을 말해주지. 내가 열기구를 타고 여기에 왔다고 했지. 너도 회오리바람을 타고 여기에 왔다고 했어. 그러니까 사막을 건너는 최고의 방법은 하늘을 날아가는 거야. 물론 회오리바람을 일으키는 건 내 능력 밖의 일이야. 하지만 계속 궁리해봤더니 열기구는 만들 수 있을 것 같다."

"어떻게요?"

"실크로 풍선을 만들고, 거기에 풀을 먹인 뒤 가스를 채우는 거지. 이 궁전에 실크는 충분하니까 풍선을 만드는 건 문제없을 거야. 다만 이 땅에는 풍선을 가득 채워 열기구를 띄울 가스가 없다는 거야."

"열기구가 뜨지 않으면 아무 소용이 없을 텐데요."

"물론이지. 하지만 열기구를 띄울 다른 방법이 있어. 바로 뜨거운 공기를 채우는 거지. 물론 뜨거운 공기는 가스만큼 좋진 않아. 공기가 차가워지면 사막에 떨어져 우리가 길을 잃을 수도 있으니까."

"우리라고요? 저랑 함께 가실 건가요?"

"당연하지. 난 사기꾼 행세에 지쳤어. 내가 이 궁전을 나가면 백성들은 내가 마법사가 아니라는 걸 알고, 자신들을 속인 나에게 화를 내겠지. 이제 난 온종일 방에 틀어박혀 있어야 하는 내 생활이 너무 지루해졌거든. 너랑 같이 캔자스로 돌아가 다시 서커스를 하는 게 나을 것 같아."

"함께 가신다니 기뻐요."

"고마워. 그럼 이제 실크를 모아 바느질하는 걸 도와줘. 열기구를 한번 만들어

보자고."

그리하여 도로시는 바늘과 실을 들었다. 오즈가 실크를 적당한 모양으로 잘라내면, 곧바로 도로시가 바느질로 깔끔하게 이어 붙였다. 처음엔 밝은 초록색 실크, 그다음엔 짙은 초록색 실크, 그다음엔 에메랄드빛 초록색 실크를 이용했다. 오즈에게 다양한 색조로 열기구를 만들고 싶은 욕망이 있었기 때문이다. 모든 천을 이어 붙이기까지는 꼬박 사흘이 걸렸다. 그렇게 6미터가 넘는 커다란 초록색 실크 풍선이 완성되었다.

오즈는 공기가 새어나가지 않도록 풍선 안쪽에 얇게 풀칠을 했다. 그 작업이 끝나자 풍선 준비는 끝났다고 말했다.

"이제 우리가 타고 갈 바구니가 필요해."

오즈는 그렇게 말하더니 초록 구레나룻 병사에게 커다란 빨래 바구니를 가져오라고 시켰다. 그리고 밧줄로 풍선 아랫부분과 바구니를 연결했다.

모든 준비가 끝나자 오즈는 자신의 백성들에게 구름 속에 살고 있는 형제 마법사를 만나러 갈 거라고 알렸다. 그 소식은 급히 온 도시에 퍼졌고, 사람들은 놀라운 광경을 구경하러 모여들었다.

오즈는 열기구를 궁전 앞으로 옮기라고 명령했다. 사람들은 너무나 신기하게 열기구를 바라보았다. 양철 나무꾼은 장작을 잔뜩 패다가 불을 피웠다. 오즈는 뜨거운 공기가 피어올라 실크 풍선 안에 가득 차도록 풍선 아래쪽을 불 위에 두었다. 풍선이 점점 부풀어 오르더니 공중에 떠올랐고, 마침내 바구니까지 땅에서 떨어지기 직전이었다.

오즈가 바구니에 올라타더니 모든 이에게 큰 소리로 말했다.

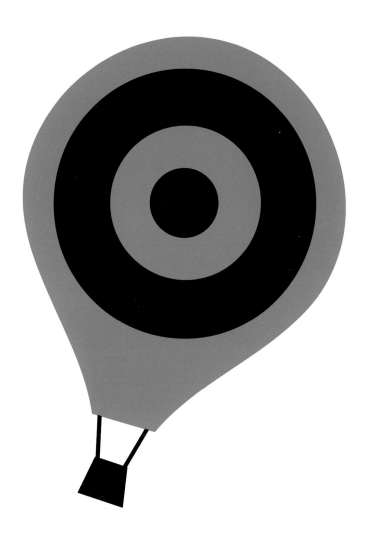

"난 이제 형제를 만나러 떠난다. 내가 없는 동안 허수아비가 너희를 다스릴 것이다. 모두들 나에게 복종하듯이 허수아비에게도 복종하기를 명령한다."

이제 풍선이 땅에 고정시켜둔 밧줄을 거세게 잡아당기고 있었다. 풍선 안의 공기가 뜨거워졌기 때문이다. 뜨거워진 공기는 보통 공기보다 훨씬 가볍기에 밧줄이 없었다면 곧장 하늘로 날아갔을 것이다.

"어서 와, 도로시! 서둘러, 곧 열기구가 날아갈 거야."

마법사가 외쳤다.

"토토가 안 보여요."

도로시는 강아지를 이곳에 두고 갈 수 없었다. 잠시 후 도로시는 아기 고양이를 쫓아 사람들 속으로 뛰어 들어간 토토를 찾아냈다. 도로시는 급히 토토를 안고 열기구 쪽으로 뛰어갔다.

도로시가 바로 앞까지 달려오자 오즈는 바구니에 올라타는 걸 도와주려고 손을 내밀었다. 그런데 바로 그때, 우지직! 밧줄이 끊어지고 말았다. 열기구는 도로시를 태우지도 않고 공중으로 날아올랐다.

"돌아와요! 나도 가고 싶어요!"

도로시가 소리를 질렀다.

"돌아갈 방법이 없어. 안녕!"

바구니 속 오즈가 외쳤다.

"안녕!"

모두들 소리쳤다. 그들은 다 같이 하늘을 올려다보았다. 마법사가 탄 바구니는 하늘 위로 높이, 더 높이 떠올랐다.

그 이후로 아무도 위대한 마법사 오즈를 보지 못했다. 그가 오마하에 무사히 도착했는지, 지금도 그곳에 살고 있는지 알 수 없는 노릇이었다. 사람들은 그를 애정 어린 마음으로 추억하며 이런 이야기를 주고받았다.

"오즈는 언제나 우리의 친구였어. 그는 이곳에 와서 우릴 위해 아름다운 에메랄드 시를 만들어주었지. 이제 그는 떠났지만 현명한 허수아비가 우리를 다스리게 해주었어."

오랫동안 그들은 위로도 받지 못한 채 마법사가 사라진 것을 슬퍼했다.

Chapter 18

멀리
남쪽으로

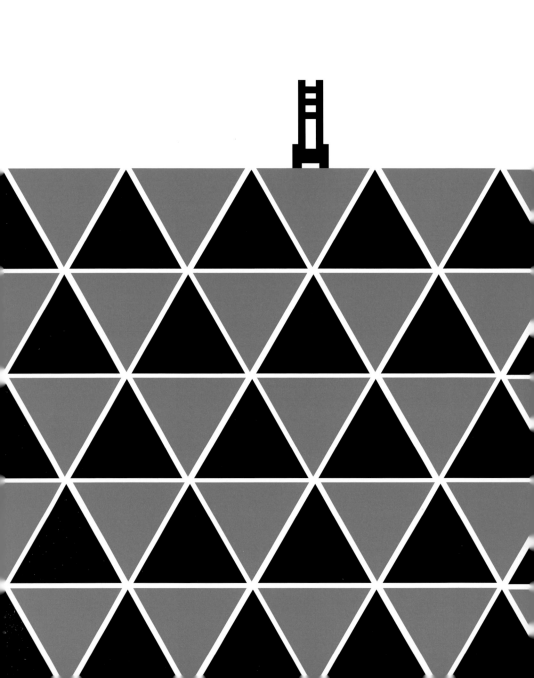

캔자스로 돌아갈 희망이 사라지자 도로시는 펑펑 눈물을 흘렸다. 그렇게 다 울고 나자 열기구를 타고 올라가지 않은 게 오히려 다행이라고 생각되었다. 도로시는 오즈와 헤어져서 안타까웠다. 다른 친구들도 마찬가지인 듯했다.

양철 나무꾼이 다가와 말했다.

"나에게 사랑스러운 심장을 준 사람을 위해 슬퍼하지 않는다면 난 배은망덕한 사람이 될 거야. 오즈가 떠났으니 조금 울어야 할 것 같은데, 네가 내 눈물을 닦아주겠니? 그래야 녹이 슬지 않을 테니까."

"기꺼이."

도로시는 그렇게 대답한 뒤 곧바로 수건을 가져왔다. 잠시 후 양철 나무꾼은 몇 분 동안 눈물을 흘렸고, 도로시는 눈물을 유심히 지켜보며 수건으로 닦아주었다. 다 울고 난 나무꾼은 도로시에게 감사 인사를 한 뒤, 보석으로 장식된 기름통을 꺼내 혹시 모를 불상사에 대비해 온몸 구석구석에 꼼꼼히 기름칠을 했다.

허수아비는 이제 에메랄드 시의 통치자가 되었다. 그는 마법사가 아니지만 사람들은 그를 자랑스러워했다.

"지푸라기를 채운 사람이 다스리는 도시가 이 세상에 여기 말고 또 어디 있겠어."

그들이 아는 한, 그건 분명한 사실이었다.

오즈가 열기구를 타고 사라진 다음 날 아침, 네 명의 여행자는 알현실에서 만나 이야기를 나누었다. 허수아비는 커다란 왕좌에 앉았고 다른 이들은 그 앞에 공손하게 섰다.

"우리가 그렇게 운이 없는 건 아니야. 이 궁전과 에메랄드 시가 우리 것이 되었으니까 뭐든 원하는 대로 할 수 있어. 얼마 전만 해도 옥수수밭 장대에 매달려 있었는데, 지금은 이렇게 아름다운 도시의 통치자가 되었어. 난 내 운명에 상당히 만족해."

새로운 통치자가 말했다.

"나도 새로운 심장을 갖게 되어 대만족이야. 솔직히 이 세상에서 바라는 건 그것뿐이었거든."

양철 나무꾼이 말했다.

"내 경우엔, 내가 다른 짐승들보다 더 용감하진 않지만 그래도 남들만큼은 용감하다는 걸 알게 되어 만족스러워."

사자가 겸손하게 말했다.

"도로시만 에메랄드 시에서 사는 걸 좋아한다면 우리 모두 행복할 텐데."

허수아비가 말했다.

"하지만 난 여기서 살고 싶지 않아. 캔자스로 가서 엠 숙모, 헨리 삼촌이랑 살고 싶다고."

도로시가 소리쳤다.

"흠, 그럼 이제 어떻게 해야 할까?"

나무꾼이 물었다.

허수아비는 한번 깊이 생각해보기로 했다. 너무 열심히 생각한 나머지 뇌에 들어 있는 핀과 바늘이 삐죽삐죽 튀어나올 지경이었다. 마침내 그가 말했다.

"날개 달린 원숭이들을 부르는 건 어때? 그들에게 사막을 건너게 해달라고 하면 되잖아?"

"그 생각을 못했네! 그러면 되겠다. 당장 황금 모자를 가져올게."

도로시는 알현실에 모자를 가지고 와 마법의 주문을 외웠고, 곧바로 날개 달린 원숭이 무리가 열린 창으로 날아 들어와 도로시 옆에 섰다.

원숭이 왕이 어린 소녀에게 고개 숙여 인사를 하더니 물었다.

"두 번째로 저희를 부르셨군요. 원하는 게 뭔가요?"

"나를 데리고 캔자스까지 날아가줘."

도로시가 말했다.

그러자 원숭이 왕이 고개를 저었다.

"그건 안 됩니다. 우린 이 땅에만 속해 있기 때문에 여길 벗어날 수 없습니다. 캔자스에는 날개 달린 원숭이들이 존재한 적이 없어요. 그리고 아마 앞으로도 절대 없을 겁니다. 날개 달린 원숭이들은 그곳에 속해 있지 않으니까요. 우리 능력이 닿는 일이라면 어떤 식으로든 당신을 섬기겠지만, 우린 사막을 건널 수 없습니다. 그럼 이만."

원숭이 왕은 한 번 더 인사를 하더니 날개를 펴고 창문을 통해 날아가버렸다. 함께 온 원숭이들도 모두 뒤따라 날아갔다.

실망한 도로시는 울음을 터뜨리려 했다.

"황금 모자의 마법을 쓸데없이 낭비해버렸어. 날개 달린 원숭이들도 날 돕지 못한다니."

"너무 안타까운 일이야!"

상냥한 마음씨를 가진 나무꾼이 말했다.

허수아비는 다시 생각에 잠겼다. 머리가 너무 무섭도록 부풀어 올라서 도로시는 그의 머리가 터져버릴까 겁이 났다.

"초록 구레나룻 병사를 불러서 조언을 구해보자."

허수아비가 말했다.

부름을 받은 병사가 조심스레 알현실로 들어왔다. 오즈가 머물 때는 한 번도 출입이 허락되지 않았기 때문이다.

허수아비가 병사에게 말했다.

"이 어린 소녀가 사막을 건너고 싶어 합니다. 어떻게 하면 될까요?"

"그건 저도 모릅니다. 여태 사막을 건넌 사람은 오즈 말고 아무도 없었거든요." 병사가 대답했다.

"우리를 도와줄 분은 없을까요?"

도로시가 간절하게 물었다.

"어쩌면 글린다가 도울 수 있을지도 모르겠습니다."

"글린다가 누구죠?"

허수아비가 물었다.

"남쪽 마녀입니다. 마녀들 중에서 가장 강력하며, 콰들링을 다스리고 있습니다. 게다가 그녀의 성이 사막 끝에 서 있으니, 어쩌면 사막을 건너는 방법을 알지도 모릅니다."

"글린다는 착한 마녀겠죠, 그렇죠?"

도로시가 물었다.

"콰들링들은 글린다가 착하다고 생각합니다. 그녀 역시 모든 이들에게 친절합니다. 글린다는 아주 오래 살았는데도 젊음을 유지하는 비결을 아는 아름다운 여인이라고 합니다."

"그녀의 성에는 어떻게 갈 수 있나요?"

도로시가 물었다.

"남쪽으로 곧장 가는 길이 있습니다. 하지만 여행객들에게는 위험으로 가득 찬 길이라고 합니다. 숲에는 사나운 짐승들이 살고, 낯선 이들이 자기네 땅을 지나가는 걸 좋아하지 않는 기이한 종족도 살고 있답니다. 그런 이유로 지금까지 콰들링들 중 단 한 명도 에메랄드 시에 온 적이 없습니다."

병사가 대답한 후 알현실을 나가자 허수아비가 말했다.

"위험하긴 하지만 남쪽 땅까지 가서 글린다에게 도와달라고 부탁하는 게 지금 도로시가 할 수 있는 최선의 선택인 것 같아. 계속 여기 머물다간 캔자스로 절대 돌아가지 못할 거야."

"조금만 더 생각해봐."

양철 나무꾼이 말했다.

"생각한 거야."

허수아비가 대답했다.

"내가 도로시와 함께 갈게. 사실 이 도시에 싫증이 나서 다시 숲과 시골로 돌아가고 싶거든. 너희도 알다시피 난 야생 짐승이잖니. 게다가 도로시를 보호해줄 누군가가 가까이 있어야 해."

사자가 말했다.

"맞는 말이야. 어쩌면 내 도끼도 도로시에게 도움이 될지 몰라. 그러니까 나도 도로시와 함께 남쪽 땅으로 가겠어."

나무꾼도 사자의 의견에 찬성했다.

"언제 출발할래?"

허수아비가 물었다.

"너도 갈 거야?"

다들 놀라서 물었다.

"당연하지. 도로시가 없었다면 난 절대 뇌를 갖지 못했을 거야. 도로시가 옥수수밭 장대에서 날 내려주고 에메랄드 시까지 데리고 왔어. 그러니까 내 모든 행운은 도로시 덕분이야. 도로시가 캔자스로 무사히 돌아가기 전까지는 절대로 도로시 곁을 떠나지 않을 거야."

그러자 도로시가 밝은 표정으로 말했다.

"고마워, 다들 나를 너무 따뜻하게 대해줘서. 그런데 최대한 빨리 출발하는 게 좋을 것 같아."

"그럼 내일 아침에 출발하자. 그러니까 지금은 모두 떠날 준비를 하도록 해. 긴 여행이 될 것 같으니까."

허수아비가 말했다.

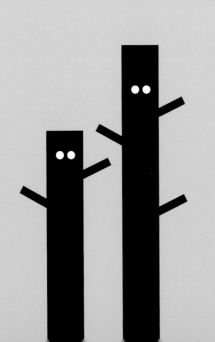

Chapter 19

나무들의
공격

다음 날 아침, 도로시는 예쁜 초록 소녀에게 작별의 입맞춤을 했다. 그리고 모두가 초록 구레나룻 병사와 악수를 했다. 병사는 성문까지 그들을 배웅했다. 그들을 다시 만난 문지기는 이 아름다운 도시를 떠나 새로운 고생길에 뛰어드는 여행자들을 무척이나 신기해했다. 하지만 그는 곧바로 안경을 벗겨 초록 상자에다 집어넣었고, 그들에게 행운이 함께하기를 빌어주었다.

"이제 당신이 우리의 새로운 통치자입니다. 그러니 최대한 빨리 돌아오세요."

문지기가 허수아비에게 말했다.

"가능한 한 꼭 그렇게 할게요. 하지만 도로시가 집에 돌아가도록 돕는 게 먼저라서요."

허수아비가 대답했다.

도로시는 마음씨 착한 문지기에게 마지막 작별 인사를 하고 이렇게 말했다.

"아름다운 도시에서 정말 귀한 대접을 받았어요. 모두가 저를 친절하게 대해주셨죠. 얼마나 감사한지 모르겠어요."

"그런 말 마세요. 우리는 당신이 우리와 함께 살기를 원하지만, 캔자스로 돌아가는 게 소원이라니 부디 그 방법을 찾길 바랍니다."

문지기가 성문을 열어주자, 그들은 밖으로 나와 여행을 시작했다.

태양이 밝게 빛나는 가운데 우리의 친구들은 남쪽 땅을 향해 고개를 돌렸다. 다들 한껏 들떠서 함께 웃고 떠들었다. 도로시는 다시 한 번 집으로 돌아갈 수 있다는 기대감에 가득 찼고, 허수아비와 양철 나무꾼은 도로시에게 도움을 줄 수 있게 되어 기뻤다. 사자는 다시 들판으로 나온 것이 너무 좋아서 기분 좋게 신선한 공기를 킁킁거리고 꼬리를 좌우로 흔들었다. 토토는 줄곧 명랑하게 짖으며 그들 주변을 이리저리 뛰어다니거나 나방과 나비를 쫓아다녔다.

빠른 발걸음으로 나아가던 중 사자가 말했다.

"도시 생활은 나랑 전혀 안 맞아. 거기서 지내는 동안 살이 엄청 많이 빠졌어. 지금은 내가 얼마나 용감해졌는지 어서 다른 짐승들에게 보여주고 싶어."

그들은 돌아서서 마지막으로 에메랄드 시를 쳐다보았다. 초록 성벽 너머로 높은 건물들이 보였다. 그리고 그것들보다 더 높이 솟은 오즈의 궁전 돔 지붕과 뾰족한 탑이 보였다.

"오즈가 그렇게 나쁜 마법사는 아니었던 것 같아."

양철 나무꾼이 말했다. 가슴 속에서 심장이 덜거덕거리는 느낌이 났다.

"오즈는 내게 뇌를 주는 방법을 알고 있었어, 그것도 아주 좋은 뇌를."

허수아비가 말했다.

"오즈가 내게 준 만큼의 용기를 자신도 마셨다면, 엄청 용감한 사람이 되었을 거야."

사자도 덧붙였다.

도로시는 아무 말도 하지 않았다. 오즈가 자신과의 약속을 지키지는 못했만 최선은 다했기에, 도로시는 그를 용서했다. 그는 자기 말대로 무능한 마법사였지만, 그래도 좋은 사람이었다.

첫날의 여정은 에메랄드 시 주변에 뻗어 있는 초록 들판과 화려한 꽃밭을 지나는 것이었다. 그들은 풀밭에서 밤을 보냈다. 하늘에 뜬 별 말고는 주변에 아무것도 없었지만 모두들 굉장히 편히 쉬었다.

다음 날 여행을 이어간 그들은 빽빽한 숲에 다다랐다. 숲을 돌아가는 길은 없어 보였다. 오른쪽부터 왼쪽까지 눈앞에 보이는 건 모두 숲이었기 때문이다. 게다가 혹시나 길을 잃을까봐 방향을 함부로 바꿀 엄두도 내지 못했다. 그래서 그들은 어디로 들어가는 게 가장 수월할지 숲을 살펴보았다.

앞장선 허수아비가 큰 나무를 발견했다. 가지가 옆으로 넓게 퍼져 있어서 그 밑으로 다 같이 지나갈 공간이 있었다. 허수아비는 나무를 향해 나아갔다. 그런데 그가 나뭇가지 밑으로 들어서는 순간, 나뭇가지가 갑자기 구부러지며 허수아비를 휘감았다. 허수아비는 순식간에 땅 위로 들려진 뒤 친구들 사이에 거꾸로 내팽개쳐졌다.

허수아비는 다치진 않았지만 크게 놀랐다. 도로시가 일으켜주는데도 여전히 멍해 보였다.

"나무 사이에 다른 공간이 있나 봐."

사자가 말했다.

"내가 먼저 시도해볼게. 난 내던져져도 다치지 않으니까."

그렇게 말하며 허수아비는 또 다른 나무를 향해 다가갔다. 이번에도 나뭇가지는 곧바로 그를 붙잡아 뒤쪽으로 던져버렸다.

"정말 이상하네. 어떻게 해야 할까?"

도로시가 물었다.

"나무가 우리랑 싸울 작정인 것 같아. 우리 여행을 방해하려고."

사자가 말했다.

"내가 어떻게 해볼 수 있을 것 같아."

나무꾼은 도끼를 휘두르며 허수아비를 거칠게 내동댕이친 나무를 향해 걸어갔다. 큰 나뭇가지가 나무꾼을 휘감자, 그는 거친 도끼질로 두 동강을 내버렸다. 갑자기 고통을 느끼기라도 하는 듯 나뭇가지가 흔들리기 시작했고, 양철 나무꾼은 그 밑으로 무사히 지나갔다.

나무꾼이 일행에게 외쳤다.

"빨리 와! 서둘러!"

그들은 앞으로 내달렸고 모두가 부상 없이 나무 아래로 지나갔다. 다만 토토가 작은 나뭇가지에 붙잡혀 흔들리다가 울부짖었지만, 나무꾼이 즉시 나뭇가지를 베어버려 작은 강아지를 풀어주었다.

숲에 있는 다른 나무들은 딱히 그들을 방해하지 않았다. 아마도 맨 첫 줄에 있는 나무들만 나뭇가지를 구부리는 능력이 있는 듯했다. 어쩌면 그 나무들은 숲의 경찰관으로서 낯선 이들의 침입을 막기 위해 놀라운 능력을 부여받은 건지도 몰랐다.

네 명의 여행자는 수월하게 숲을 통과했고, 마침내 숲의 반대편 끝에 이르렀다. 놀랍게도 그곳엔 하얀 도자기로 만들어진 담이 솟아 있었다. 담은 접시 표면처럼 매끈하고 그들의 키보다 높았다.

"이제 어쩌지?"

도로시가 물었다.

"내가 사다리를 만들게. 그러면 저 담장을 넘어갈 수 있을 거야."

양철 나무꾼이 말했다.

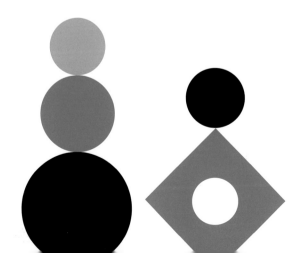

Chapter 20

앙증맞은 도자기 나라

나무꾼이 숲에서 가져온 나무로 사다리를 만드는 동안, 도로시는 누워서 잠이 들었다. 너무 오래 걸어서 피곤했기 때문이다. 사자 역시 그 옆에 몸을 말고 누워 잠을 잤고 토토도 사자 옆에 누웠다.

나무꾼이 일하는 모습을 지켜보던 허수아비가 말했다.

"이 담이 왜 여기 있는지, 그리고 무엇으로 만들었는지 전혀 모르겠어."

"이제 그만 뇌를 쉬게 해줘. 담장 걱정은 그만하고 말이야. 담을 넘어가보면 건너편에 뭐가 있는지 알게 되겠지."

나무꾼이 대꾸했다.

얼마 후 사다리가 완성되었다. 보기엔 어설펐지만, 양철 나무꾼은 자신들의 목적을 달성하기엔 충분히 튼튼하다고 확신했다. 허수아비는 도로시와 사자, 토토에게 다가가 사다리가 준비되었다고 말했다. 허수아비가 맨 먼저 사다리에 올랐다. 하지만 아무래도 어설펐기에 도로시가 바로 뒤에 바짝 붙어 따라가면서 허수아비가 떨어지지 않게 챙겼다. 허수아비가 담장 위로 머리를 내밀더니 외쳤다.

"오, 세상에!"

"어서 올라가."

도로시가 외쳤다.

허수아비는 더 높이 올라가 담장 꼭대기에 자리를 잡고 앉았다. 도로시 역시 담장 위로 고개를 내밀더니 허수아비가 했던 그대로 소리쳤다.

"오, 세상에!"

토토도 담 너머를 보고 곧바로 짖기 시작했지만 도로시가 조용히 하라고 말했다.

사자가 다음으로 사다리에 올라왔고, 마지막 차례는 양철 나무꾼이었다. 둘다 담 너머를 보자마자 동시에 소리쳤다.

"오, 세상에!"

그들은 담장 꼭대기에 한 줄로 나란히 앉아 신기한 광경을 내려다보았다.

그들의 눈앞에는 커다란 접시 바닥처럼 매끄럽고, 반짝이며, 하얀 땅바닥이 드넓게 펼쳐져 있었다. 온통 도자기로 만들어져 아주 선명한 색으로 칠해진 집들이 여기저기 흩어져 있었다. 집들은 꽤나 작았는데, 가장 큰 집의 높이가 도로시의 허리 정도밖에 되지 않았다. 도자기 울타리가 쳐진 작고 예쁜 외양간도 있었다. 모두 도자기로 만들어진 젖소, 양, 말, 돼지, 닭이 삼삼오오 무리를 이루고 있었다.

그중에서도 가장 신기한 것은 이 기이한 나라에 사는 사람들이었다. 우유 짜는 여인들과 양치기 소녀들이 있었는데, 모두 밝은색 보디스(목에서 허리까지 몸통을 덮는 여성용 의류 - 옮긴이)에 금색 물방울무늬 가운을 입고 있었다. 더없이 화려한 금색, 은색, 보라색 드레스를 입은 공주들도 있었다. 분홍, 노랑, 파랑 줄무늬 반바지를 입고 금색 버클이 달린 신발을 신은 양치기들도 있었고, 머리에 보석 달린 왕관을 쓰고 흰 털이 달린 예복과 새틴 더블릿(14~17세기에 남성들이 입은 짧고 꼭 끼는 상의 - 옮긴이)을 입은 왕자들도 있었다.

주름 장식 가운을 입고, 볼에 빨간 점을 찍고, 뾰족하고 긴 모자를 쓴 우스꽝

스러운 광대들도 보였다. 그중에서 가장 신기한 건 온몸이, 심지어 옷까지 모두 도자기로 만들어진 사람들이었다. 그들은 키가 아주 작아서 개중에 제일 큰 사람도 도로시의 무릎 정도밖에 되지 않았다.

처음엔 그 누구도 여행자들에게 눈길을 주지 않았다. 머리가 유독 큰 보라색 도자기 강아지 한 마리가 담으로 다가와 조그맣게 짖었지만, 그마저도 잠시 후에는 달아나버렸다.

"어떻게 내려가지?"

도로시가 물었다.

사다리는 너무 무거워서 끌어올릴 수 없었기에, 허수아비가 먼저 아래로 몸을 던지기로 했다. 그런 다음 나머지가 허수아비 위로 뛰어내리면 딱딱한 바닥 때문에 발을 다칠 일이 없을 것 같았다. 물론 허수아비의 머리에 착지해서 발에 핀이 박히지 않도록 조심해야 했다. 그들은 모두 안전하게 내려온 후 허수아비를 일으켜 세웠다. 그리고 손으로 잘 쓰다듬어서 완전히 납작해진 허수아비의 몸을 원래대로 만들어주었다.

"반대편으로 가려면 이 이상한 곳을 지날 수밖에 없어. 정확히 남쪽이 아닌 다른 길로 가는 건 어리석은 짓이니까."

도로시가 말했다.

그들은 도자기 사람들이 사는 땅을 걷기 시작했다. 처음으로 마주친 사람은 도자기 암소의 젖을 짜는 도자기 소녀였다. 그들이 다가가자 놀란 소가 갑자기 발길질을 했다. 젖소는 의자와 들통, 심지어 우유 짜는 소녀까지 걷어찼고, 그 모두는 다 같이 쨍그랑 소리를 내며 바닥에 나뒹굴었다.

　도로시는 젖소의 다리가 부러지고 들통이 여러 조각으로 깨지고 소녀의 팔꿈치에도 금이 간 것을 보고 큰 충격을 받았다.

　"저기요! 지금 무슨 짓을 하신 거예요! 우리 젖소의 다리가 부러졌어요. 수리점에 가서 풀칠을 해야 한다고요. 여기는 왜 와서 젖소를 놀라게 하는 거예요?"

　소녀가 화를 내며 소리쳤다.

　"너무 미안해요. 제발 용서해줘요."

　도로시가 말했다.

　하지만 예쁜 소녀는 너무 짜증이 나서 제대로 대답하지도 못했다. 소녀는 부루퉁한 얼굴로 젖소의 다리를 집어 들더니 젖소를 데리고 가버렸다. 불쌍한 소는 세 다리로 절뚝거리며 따라갔다. 소녀는 금이 간 팔꿈치를 몸에 바짝 붙인 채로 걸어가다가, 어깨 너머로 어리숙해 보이는 여행자들을 향해 비난의 눈빛을 보냈다.

　뜻하지 않은 사고 때문에 도로시는 몹시 마음이 아팠다.

　"여기선 정말 조심해야겠어. 자칫하면 이 작고 예쁜 사람들에게 돌이킬 수 없는 상처를 줄 것 같아."

　마음씨 고운 나무꾼이 말했다.

　잠시 후 도로시는 너무나 아름다운 옷을 차려입은 어린 공주를 만났다. 공주는 낯선 이들을 발견하자마자 우뚝 멈춰 서더니 곧바로 달아나버렸다.

　도로시는 공주를 자세히 보고 싶어서 뒤쫓았지만 도자기 공주가 소리를 질렀다.

　"쫓아오지 마세요! 쫓아오지 마세요!"

　겁에 질린 공주의 목소리에 도로시가 멈춰 서서 물었다.

"왜 그러는 거예요?"

따라서 멈춰 선 공주가 안전한 거리를 유지한 채 대답했다.

"그야 달리다가 넘어지면 깨질 수 있으니까요."

"수리를 하면 되는 거 아닌가요?"

도로시가 물었다.

"아, 맞아요. 하지만 수리를 받으면 절대 지금처럼 예쁘진 않거든요."

공주가 대답했다.

"그럴 것 같네요."

도로시가 말했다.

"광대들 중에 조커 씨가 있어요. 늘 물구나무서기를 시도하는 분이죠. 그분은 워낙 자주 부러져서 수백 군데나 수리했어요. 그래서 보기가 영 좋지 않지요. 마침 이리로 오시네요. 직접 확인해보세요."

정말로 즐거워 보이는 광대가 이쪽으로 걸어오고 있었다. 그는 빨강, 노랑, 초록 빛깔이 나는 예쁜 옷을 입고 있었지만 몸에는 금이 가득했다. 곳곳에 때운 자국이 가득해서 얼마나 많은 곳을 수리했는지 낱낱이 드러났다.

광대는 주머니에 손을 넣고 양 볼에 바람을 불어넣은 뒤 그들을 향해 거들먹거리는 표정으로 고개를 까딱했다.

"거기 어여쁜 아가씨, 왜 불쌍하고 늙은 조커를 쳐다보는 건가요? 당신은 뻣뻣하고 새침하군요. 마치 포커를 집어삼킨 것처럼!"

"아저씨, 조용히 하세요! 낯선 분들인 거 안 보여요? 예의 바르게 대해주라고요."

공주가 말했다.

"오, 예의라, 제가 바라는 바이죠."

그렇게 말하더니 광대는 곧바로 물구나무서기를 했다.

그러자 공주가 도로시에게 말했다.

"이분은 신경 쓰지 마세요. 아마도 머리가 너무 많이 깨져서 바보가 된 것 같아요."

"아, 저는 상관없어요. 그건 그렇고 정말 아름답네요. 사랑에 빠질 것 같아요. 제가 캔자스로 돌아갈 때 가지고 가서, 엠 숙모의 벽난로 선반에 올려놓아도 될까요? 바구니에 넣어 가면 될 것 같은데."

"그러면 저는 불행해질 거예요. 보시다시피 우리는 이곳에서 만족스럽게 살아가고 있어요. 우리가 원하는 대로 말하고 돌아다닐 수 있죠. 하지만 다른 곳으로 옮겨지면 곧바로 관절이 굳어버려요. 우리는 똑바로 선 채로 예쁜 척만 해야 해요. 물론 우리를 벽난로 선반이나 캐비닛이나 거실 탁자에 놓아둘 때는 그러길 기대하는 거겠죠. 우린 우리 땅에 있을 때 훨씬 더 즐겁답니다."

"당신을 불행하게 만들 생각은 전혀 없어요! 그럼 이제 작별 인사를 해야겠네요."

도로시가 말했다.

"잘 가요."

공주가 대꾸했다.

일행은 조심조심 도자기 나라를 걸어갔다. 혹시나 낯선 이들이 자기를 깨뜨릴까봐 작은 동물과 사람들이 잽싸게 흩어졌다. 한 시간쯤 지났을까, 여행자들은 도자기 나라의 반대편 끝에서 또 다른 도자기 담을 맞닥뜨리게 되었다.

하지만 이번 담은 처음 것만큼 높지 않았다. 사자의 등에 올라타니 그럭저럭 담벼락을 기어 올라갈 수 있었다. 마지막으로 사자는 다리를 웅크렸다가 뛰어올라 담을 넘었다. 그런데 그 순간 도자기 교회 하나가 사자의 꼬리에 맞아 산산조각이 나버렸다.

"그것참, 안타깝군. 하지만 젖소 다리 하나랑 교회 하나만 망가뜨렸을 뿐, 사람들에게 아무런 해를 끼치지 않았으니까 이 정도면 다행이라고 생각해. 다들 너무 쉽게 부러지는데 말이야!"

도로시가 말했다.

"맞아. 난 내가 지푸라기로 만들어져서 쉽게 망가지지 않으니 얼마나 감사한지 모르겠어. 이 세상엔 허수아비가 되는 것보다 더 못한 일도 있는 것 같아."

허수아비가 말했다.

Chapter 21

동물의
왕이 된 사자

도자기 담을 기어 내려간 여행자들은 고약한 땅에 다다랐다. 온통 늪지와 습지가 가득하고 높이 자란 풀로 뒤덮인 곳이었다. 너무 빽빽한 풀 때문에 시야가 가려져, 진흙 구덩이에 빠지지 않고는 걷기가 힘든 곳이었다. 하지만 그들은 조심조심 발을 디디며, 단단한 땅이 나올 때까지 나아갔다. 그러나 갈수록 길이 더 험해졌고, 한참 동안 덤불 틈을 지치도록 걷고 난 후 또 다른 숲을 만났다. 숲속은 지금까지 보았던 그 어떤 나무보다 크고 오래된 나무가 우거져 있었다.

사자가 기분 좋게 주위를 둘러보며 말했다.

"난 이 숲이 정말 너무 마음에 들어. 이렇게 아름다운 곳은 본 적이 없어."

"내가 보기엔 너무 칙칙한데."

허수아비가 말했다.

"아니, 전혀 그렇지 않아. 난 평생 여기에서 살고 싶을 정도야. 발밑에 닿는 마른 나뭇잎이 너무 부드럽지 않니? 저 늙은 나무에 붙은 이끼가 너무 풍성한 초록빛이지 않니? 야생동물에게 이보다 더 좋은 환경은 없을 거야."

사자가 말했다.

"어쩌면 지금 이 숲속에 야생동물들이 있을지도 몰라."

도로시가 말했다.

"근데 아직은 한 마리도 안 보이네."

사자가 대꾸했다.

그들은 숲속으로 계속 들어갔고, 어느 순간 너무 어두워서 더 이상 들어갈 수 없는 지경이 되었다. 도로시와 토토, 그리고 사자는 누워서 잠을 잤고, 나무꾼과 허수아비는 늘 그랬듯이 보초를 섰다.

아침이 되자 그들은 다시 출발했다. 그런데 얼마 지나지 않아 야생동물이 으르렁거리는 것 같은 웅성거림이 들려왔다. 토토는 조그맣게 낑낑거렸지만 다른 이들은 겁내지 않고 잘 다듬어진 오솔길을 따라 계속 들어갔다. 이윽고 너른 빈터가 나왔다. 그곳에 호랑이, 코끼리, 곰, 늑대, 여우 할 것 없이 온갖 종류의 짐승 수백 마리가 모여 있었다. 순간 도로시는 겁이 났지만 사자가 상황을 설명해주었다. 동물들이 지금 회의를 하는 중이라고, 그리고 그 소리를 들어보니 지금 큰 문제가 생긴 것 같다고.

사자가 말하는 사이 몇몇 동물이 그를 알아보았다. 그리고 순식간에 마치 마법처럼 주위가 조용해졌다. 그중에서 가장 큰 호랑이가 사자에게 다가와 인사를 하더니 말했다.

"어서 오세요, 동물의 왕이시여! 마침 제때 잘 오셨습니다. 우리의 적을 무찔러 숲속의 모든 동물에게 다시 평화를 가져다주시려고 오셨군요."

"무슨 문제가 생긴 거지?"

사자가 조용히 물었다.

"최근에 이 숲에 들이닥친 사나운 적 때문에 모두가 두려움에 떨고 있습니다. 정말 엄청난 괴물입니다. 몸통은 코끼리처럼 크고 다리는 나무 몸통처럼 긴 거대 거미처럼 생겼습니다. 긴 다리가 여덟 개이고요. 그 괴물은 숲을 기어다니다가 다리에 걸리는 동물을 그대로 입에 가져갑니다. 마치 거미가 파리를 잡아먹는 것처럼요. 이 무시무시한 짐승이 살아 있는 한 우린 목숨이 위태롭습니다. 그래서 우리끼리 회의를 열어 앞으로 어떻게 해야 할지 의견을 모으고 있는데, 때마침 당신이 나타난 겁니다."

사자는 잠시 생각하더니 물었다.

"이 숲에 다른 사자가 있는가?"

"없습니다. 몇 마리 있었는데 그 괴물이 다 잡아먹었어요. 게다가 이 주변에 당신만큼 크고 용감한 사자는 없었습니다."

"내가 너희의 적을 없애주면, 나에게 머리를 조아리고 숲속의 왕으로 섬기겠는가?"

사자가 질문했다.

"기꺼이 그렇게 하겠습니다."

호랑이가 대답했다. 다른 동물들도 우렁찬 목소리로 다 같이 외쳤다.

"그러겠습니다!"

"지금 그 거대 거미는 어디에 있는가?"

사자가 물었다.

"저기 보이는 떡갈나무들 사이에 있습니다."

호랑이가 앞발로 가리키며 대답했다.

"여기 있는 내 친구들을 잘 보살펴다오. 난 당장 가서 저 괴물과 싸울 테니."

그렇게 말한 사자는 동료들에게 인사를 한 뒤 적과 싸우기 위해 당당하게 걸어갔다.

사자가 거대 거미를 발견했을 때 놈은 깊은 잠에 빠져 있었다. 너무나 흉측한 외모에 혐오감을 느낀 사자는 코를 찡그렸다. 호랑이가 말한 대로 놈의 다리는 정말 길었다. 그리고 몸통은 시커멓고 거친 털로 뒤덮여 있었다. 커다란 입안에는 30센티미터쯤 되는 날카로운 이빨이 줄지어 나 있었다. 하지만 펑퍼짐한 몸통과 머리를 연결하는 목이 말벌 허리만큼이나 가늘었다. 사자는 저 목을 공격해야겠다고 마음먹었다. 깨어 있을 때보다는 자고 있을 때 공격하는 게 더 쉽다는 걸 알고 있기에, 사자는 곧바로 펄쩍 몸을 날려 괴물의 등에 올라탔다. 이어 날카로운 발톱으로 무장된 묵직한 앞발을 휘둘렀고, 거미의 목은 곧바로 몸에서 분리되어 버렸다. 사자는 거미의 등에서 뛰어내린 뒤 거미 다리가 버둥대는 모습을 지켜보았다. 그리고 마침내 버둥거림이 멈추자, 사자는 거미가 완전히 죽었음을 확인했다.

사자는 숲속의 동물들이 기다리는 빈터로 돌아가 자랑스럽게 말했다.

"이제 더 이상 적을 두려워할 필요가 없다."

그러자 동물들은 사자에게 고개 숙여 인사를 하며 앞으로 왕으로 섬기겠다고 말했다. 사자는 도로시가 캔자스로 무사히 돌아가고 나면 곧바로 돌아와 그들을 다스리겠다고 약속했다.

Chapter 22

콰들링의
나라

네 명의 여행자는 나머지 숲을 무사히 지나갔다. 어둑어둑한 숲속에서 나오자 눈앞에 바닥부터 꼭대기까지 온통 바위로 뒤덮인 가파른 언덕이 나타났다.

"올라가기가 무척 힘들겠어. 그렇더라도 저 언덕을 넘어야만 해."

그렇게 말하며 허수아비가 앞장섰고, 나머지가 뒤를 따랐다. 그들이 첫 번째 바위에 거의 다다랐을 때 누군가가 거친 목소리로 외쳤다.

"물러서!"

"누구세요?"

허수아비가 물었다.

그러자 바위 위로 머리가 나타나더니 똑같은 목소리로 말했다.

"이 언덕은 우리 땅이야. 그 누구도 넘어가는 걸 허락할 수 없어."

"하지만 우린 여길 지나가야 해요. 콰들링의 땅으로 가는 중이거든요."

허수아비가 말했다.

"하지만 안 돼!"

그 목소리가 대답했다. 그리고 바위 뒤편에는 그들이 한 번도 본 적 없는 이상한 남자가 서 있었다.

그는 키가 작고 통통했으며 머리가 무척 컸다. 정수리는 납작했으며 머리를 받친 굵은 목에는 주름이 가득했다. 하지만 그에게는 팔이 없었다. 그 모습을 본 허수아비는 더 이상 두렵지 않았다. 그들이 언덕을 넘는다 한들 이 남자가 막을 방법이 없을 것 같았기 때문이다. 그래서 허수아비는 이렇게 말했다.

"당신이 원하는 대로 하지 않아서 죄송하네요. 하지만 우리는 당신이 원하든 원하지 않든 이 언덕을 넘어가야 해요."

허수아비는 대담하게 앞으로 걸어갔다.

그 순간 남자의 목이 쭉 늘어나면서 머리가 번개처럼 빠르게 튀어나왔다. 납작한 정수리가 허수아비의 배를 세게 들이받자, 허수아비는 언덕 아래로 나가떨어졌다. 남자의 머리는 눈 깜짝할 사이에 원상태가 되었고, 남자는 우악스럽게 웃으며 말했다.

"생각만큼 쉽지 않을걸!"

다른 바위 뒤에서 일제히 웃음소리가 터져 나왔다. 도로시는 이 언덕 바위 뒤에 팔이 없는 망치 머리 인간이 수백 명이나 숨어 있다는 걸 알게 되었다.

나가떨어진 허수아비를 비웃는 모습에 상당히 화가 난 사자는 천둥처럼 포효하면서 언덕을 뛰어 올라갔다.

역시나 머리가 잽싸게 튀어나왔고, 커다란 사자는 포탄에 맞은 것처럼 언덕 아래로 데굴데굴 굴러떨어졌다.

도로시는 달려가서 허수아비를 일으켜 세웠다. 사자가 여기저기 멍이 들고 상처 난 모습으로 도로시에게 다가오더니 말했다.

"머리를 쏘는 것들과는 싸워봤자 부질없는 짓이야. 아무도 저들을 이기지 못해."

"그럼 이제 어떡하지?"

도로시가 물었다.

"날개 달린 원숭이들을 부르자. 아직 명령할 기회가 한 번 남아 있잖아."

양철 나무꾼이 제안했다.

"그게 좋겠다."

도로시는 황금 모자를 쓰고 마법을 부르는 주문을 읊었다. 원숭이들은 늘 그랬듯이 즉시 나타났다. 단 몇 분 만에 원숭이 무리가 도로시 앞에 섰다.

"무슨 명령을 내릴 건가요?"

원숭이 왕이 고개를 숙이며 물었다.

"우리를 언덕 너머 콰들링의 땅으로 데려다줘."

소녀가 대답했다.

"그렇게 하지요."

왕이 대답했다. 날개 달린 원숭이들은 곧바로 네 명의 여행자와 토토를 품에 안고 함께 날아올랐다. 그들이 언덕을 넘어가자 망치 머리들은 성질을 부리며 소리치고, 허공에다 머리를 쏘아댔다. 하지만 머리는 날개 달린 원숭이들에게까지 미치지 못했고, 원숭이들은 언덕을 안전하게 넘어간 뒤 도로시와 동료들을 아름다운 콰들링의 땅에 내려주었다.

"우리를 부를 수 있는 마지막 기회였습니다. 그럼 이제 안녕히 가십시오. 행운을 빌겠습니다."

원숭이 왕이 도로시에게 말했다.

"잘 가, 정말 고마웠어."

도로시가 대답했다. 원숭이들은 다시 날아올라 순식간에 눈앞에서 사라졌다.

콰들링의 땅은 풍족하고 행복해 보였다. 끝없이 이어진 밭에는 잘 익은 곡식이 가득했고, 밭 사이에는 잘 포장된 길이 나 있었다. 또 졸졸 흐르는 개울에는 튼튼한 다리가 놓여 있었다. 울타리, 집, 다리 모두 짙은 빨간색으로 칠해져 있었다. 윙키의 땅은 노란색으로, 먼치킨의 땅은 파란색으로 칠해져 있었던 것처럼. 콰들링들은 키가 작고 통통하며 순박해 보였다. 다들 빨간 옷을 입고 있어서 초록 풀과 노란 곡식을 배경으로 눈에 확 띄었다.

원숭이들이 내려준 곳은 농가 근처였다. 네 명의 여행자가 농가로 걸어가 문을 두드리자 농부의 아내가 문을 열어주었다. 도로시가 저녁밥을 먹을 수 있냐고 묻자, 농부의 아내는 세 종류의 케이크와 네 종류의 쿠키를 내놓았다. 토토에게는 우유 한 그릇을 주었다.

"글린다의 성까지는 얼마나 가야 하나요?"

소녀가 물었다.

"그렇게 멀지 않아. 남쪽으로 가는 길을 따라가면 금방 나올 거야."

농부의 아내가 대답했다.

일행은 착한 아주머니에게 감사 인사를 한 뒤 다시 출발했다. 들판을 지나고 예쁜 다리를 건너자 눈앞에 무척이나 아름다운 성이 나타났다. 성문 앞에는 금색 술이 달린 빨간 제복 차림의 소녀 셋이 서 있었다. 도로시가 다가가자 그들 중 한 명이 말했다.

"남쪽 나라에는 무슨 일로 오셨습니까?"

"이곳을 다스리는 착한 마녀를 만나러 왔어요. 마녀에게 데려다주시겠어요?"

"이름을 알려주십시오. 그러면 여러분을 만날지 여쭤보겠습니다."

일행이 이름을 알려주자 소녀 병사가 성안으로 들어갔다. 잠시 후 돌아온 소녀는 도로시와 친구들에게 곧바로 들어오라고 말했다.

Chapter 23

착한마녀 글린다가 도로시의 소원을 들어주다

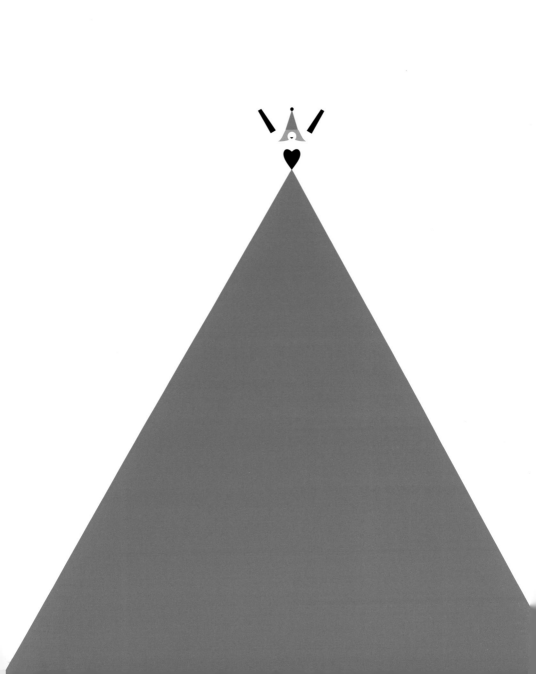

글린다를 만나러 가기 전, 그들은 성에 있는 방으로 안내받았다. 그곳에서 도로시는 세수를 하고 머리를 빗었다. 사자는 갈기에 붙은 먼지를 털어냈고, 허수아비는 손으로 몸을 두드려 최고로 좋은 모양을 만들었다. 나무꾼은 양철에 광을 내고 관절에 기름칠을 했다.

다들 그럴듯한 모양새로 단장을 끝낸 뒤, 그들은 소녀 병사를 따라 마녀 글린다가 루비 왕좌에 앉아 있는 커다란 방으로 갔다.

글린다는 정말 아름답고 젊어 보였다. 짙은 빨간색 머리카락이 어깨까지 곱슬곱슬 흘러내렸다. 그녀가 입은 드레스는 순백색이었고 눈은 파란색이었다. 그 파란 눈이 어린 소녀를 따뜻하게 바라보았다.

"무엇을 도와줄까, 꼬마야?"

글린다가 물었다.

도로시는 마녀에게 그동안 있었던 일을 모두 털어놓았다. 회오리바람에 휩쓸려 오즈의 땅에 오게 된 이야기, 동료들을 만나게 된 이야기, 그리고 그 이후의 신기한 모험 이야기까지 모두 말이다.

"지금 저의 가장 큰 소원은 캔자스로 돌아가는 거예요. 엠 숙모는 분명 저에게 끔찍한 일이 생겼을 거라고 생각할 거예요. 그래서 엄청 슬퍼하고 있을 거예요. 그리고 만약 올해 수확량이 작년보다 좋지 않으면 헨리 삼촌은 더 이상 견디지 못할 거예요."

글린다는 앞으로 몸을 숙여 사랑스러운 소녀의 얼굴에 입을 맞추었다.

"마음씨가 참 곱기도 하지. 캔자스로 돌아가는 방법은 내가 알려줄 수 있어. 그 대신 황금 모자를 내게 줘야 해."

글린다가 말했다.

"기꺼이 드릴게요! 어차피 이제 저한테는 쓸모없거든요. 이 모자를 갖게 되면 날개 달린 원숭이들을 세 번 부를 수 있어요."

"안 그래도 딱 세 번 그들의 도움이 필요할 것 같구나."

글린다가 웃으며 대답했다.

도로시가 그녀에게 황금 모자를 주자, 마녀는 허수아비에게 물었다.

"도로시가 떠나면 넌 어쩔 작정이지?"

"저는 에메랄드 시로 돌아갈 거예요. 오즈가 저에게 통치자 자리를 내주었고 사람들도 저를 좋아하거든요. 단 한 가지 걱정은 망치 머리들의 언덕을 어떻게 건너느냐는 거예요."

허수아비가 말했다.

"황금 모자를 이용해 날개 달린 원숭이들에게 명령을 내리겠다. 너를 에메랄드 시 성문까지 데려다주라고. 에메랄드 시 사람들에게서 이렇게 멋진 통치자를 빼앗을 수는 없으니까."

"제가 정말로 멋진가요?"

허수아비가 물었다.

"넌 특별해."

글린다가 대답했다.

그녀가 이번엔 양철 나무꾼을 보며 물었다.

"도로시가 여길 떠나면 넌 어쩔 작정이야?"

나무꾼은 도끼에 기대어 잠시 생각하더니 대답했다.

"윙키들이 저에게 무척 친절했어요. 그리고 사악한 마녀가 죽은 후 제가 그곳을 다스리길 원했죠. 저도 윙키들이 좋아요. 서쪽 땅으로 돌아갈 수 있다면 영원히 그들을 다스리는 것보다 더 좋은 일은 없을 것 같아요."

"그럼 날개 달린 원숭이들에게 두 번째 명령을 내리겠다. 너를 윙키의 땅에 안전하게 데려다주라고. 너의 뇌는 허수아비의 것만큼 크지는 않지만 잘 갈고닦으면 더 빛날 거야. 그리고 윙키들도 현명하게 잘 다스릴 거라고 믿는다."

이제 마녀는 커다란 털북숭이 사자를 바라보며 물었다.

"도로시가 자기 집으로 돌아가면 넌 어쩔 작정이지?"

"망치 머리 언덕을 넘어가면 아주 넓고 오래된 숲이 있습니다. 거기에 사는 동물들 모두가 제게 왕이 되어달라고 했어요. 저를 그 숲으로 보내주시면 그곳에서 평생 행복하게 살겠습니다."

"날개 달린 원숭이들에게 너를 숲으로 보내달라고 명령해야겠구나. 황금 모자의 힘을 다 써버린 뒤에는 원숭이 왕에게 모자를 돌려줄 작정이야. 그와 그의 무리가 영원히 자유로운 몸이 될 수 있도록."

허수아비와 양철 나무꾼, 그리고 사자는 착한 마녀의 친절함에 진심으로 감사를 전했다. 그런데 도로시가 소리쳤다.

"당신은 아름다울 뿐만 아니라 정말 착하시네요! 하지만 캔자스로 돌아가는

방법은 아직 알려주지 않으셨는데요."

"네가 신고 있는 은색 구두가 사막을 넘도록 도와줄 거야. 그 신발의 능력을 알고 있었다면 이 땅에 온 첫날에 곧바로 엠 숙모에게 돌아갈 수 있었을 텐데."

"하지만 그랬더라면 난 이 멋진 뇌를 갖지 못했겠죠! 평생 농부의 옥수수밭에서 살았을 거예요."

허수아비가 외쳤다.

"그리고 난 이 사랑스러운 심장을 갖지 못했겠죠. 아마 이 세상이 끝날 때까지 숲속에 꼼짝 못하고 서서 녹슬어갔을 거예요."

양철 나무꾼이 말했다.

"그리고 저도 영영 겁쟁이로 살았을 거예요. 그럼 숲속에 사는 동물들 모두 내게 좋은 말을 해주지 않았을 거예요."

"맞아요. 내가 이렇게 좋은 친구들에게 쓸모가 있었다니 너무 기뻐요. 하지만 다들 자기가 제일 원하는 걸 이루었고, 각자 다스릴 왕국까지 갖게 되어 행복해졌으니 저도 캔자스로 돌아가야겠어요."

도로시가 말했다.

"그 은색 구두에는 놀라운 힘이 있어. 그중에서도 가장 신기한 능력은 단 세 걸음 만에 이 세상 어디든 갈 수 있다는 거야. 넌 그저 신발 뒤꿈치를 세 번 맞닿게 하고, 가고 싶은 곳으로 데려다달라고 명령만 하면 돼."

착한 마녀가 말했다.

"그게 사실이라면 당장 캔자스로 보내달라고 할 거예요."

도로시가 말했다.

　도로시는 사자의 목을 감싸 안고 커다란 머리를 부드럽게 쓰다듬으며 입을 맞추었다. 그런 다음 양철 나무꾼에게도 입을 맞추었다. 나무꾼은 관절이 걱정될 정도로 엉엉 눈물을 흘렸다. 도로시는 페인트로 칠한 허수아비의 얼굴에 입을 맞추는 대신 부드럽고 폭신한 몸을 껴안았다. 사랑스러운 동료들과 슬픈 작별을 하자니 도로시도 펑펑 눈물이 났다.

　착한 마녀 글린다는 루비 왕좌에서 내려와 어린 소녀에게 작별의 키스를 해 주었다. 도로시는 친구들과 자신에게 친절을 베풀어준 글린다에게 감사 인사를 했다.

　이제 도로시는 진지한 얼굴로 토토를 안았다. 마지막으로 다시 한 번 작별 인사를 한 도로시는 신발 뒤꿈치를 세 번 부딪치며 말했다.

　"엠 숙모가 있는 집으로 데려다줘!"

　순간 도로시는 빙글빙글 돌며 공중으로 떠올랐다. 너무 빨리 돌아서 귓가를 쉭쉭 스쳐가는 바람 소리 말고는 아무것도 보거나 느낄 수가 없었다.

　은색 구두는 딱 세 걸음만 걷고 멈추었다. 너무 갑작스레 멈추는 바람에 도로시는 어딘지도 모르는 풀밭을 데구루루 굴렀다.

　그리고 마침내, 도로시는 바닥에 앉아 주위를 둘러보았다.

　"맙소사!"

　도로시가 소리쳤다.

　그녀가 앉아 있는 곳은 캔자스의 드넓은 평원이었다. 그리고 바로 눈앞에 회오리바람에 휩쓸려 날아간 옛날 집 대신 헨리 삼촌이 새로 지은 집이 보였다. 헨리 삼촌은 마당에서 소젖을 짜고 있었다. 토토가 도로시의 품 안에서 뛰어내리더니 신나게 짖으면서 농장으로 달려갔다.

자리에서 일어난 도로시는 자기가 맨발임을 알았다. 은색 구두는 공중을 나는 동안 벗겨져 사막 어딘가로 영영 사라져버렸다.

Chapter 24

집으로
돌아오다

양배추에 물을 주려고 막 집에서 나오던 엠 숙모는 문득 고개를 들었다가 도로시가 달려오는 걸 보았다.

"어머나, 우리 아가!"

숙모는 어린 소녀를 품에 꼭 안고는 얼굴에 키스를 퍼부었다.

"도대체 어디 있다가 이제 나타난 거야?"

도로시가 진지한 얼굴로 대답했다.

"오즈의 나라에 갔다 왔어요. 토토랑 같이요. 아, 엠 숙모! 집에 다시 돌아와서 정말 기뻐요!"

1900년에 출간된 L. 프랭크 바움의 책은 이미 수없이 단장되었고, 최고의 흥행 영화로도 각색되었다. 그런 이야기를 지금 다시 한 번 새롭게 그리는 시도를 했다. 어지러운 이야기를 완벽하게 보완하는 기하학적이고 여백 많은 디자인으로. 파문처럼 번지는 밝은 고리 모양은 모든 이야기의 시작인 회오리바람을 상징한다. 그리고 도로시와 친구들은 2차원적인 오즈의 땅을 통과한다. 단조로운 디자인이 허구적인 세계 속 생경함, 초현실주의와 잘 어울린다.

〈허핑턴 포스트〉

이 멋진 책에 곧바로 마음을 빼앗겨버렸다. L. 프랭크 바움의 소설과 이탈리아 삽화가 올림피아 자그놀리의 상상력 넘치는 미니멀리즘 예술이 만난 것이다. 오래도록 사랑받는 이야기와 오늘날 가장 흥미로운 삽화가를 연결시키는 새로운 시리즈다. 올림피아 자그놀리가 해석한 이야기에서 특히 눈에 띄는 점은 전통적으로 오즈를 묘사할 때의 화려함과, 절제되었지만 표현력이 풍부한 이미지의 조화이다. 정밀하고 과감한 기하학적 그래픽, 반복된 패턴에서 L. 프랭크 바움의 기발한 세계에서 느껴지는 사이키델릭한 감성이 물씬 풍긴다.

'브레인 피킹스'

이 책은 과거에 경의를 표하는 동시에 이야기를 현대적으로 옮겨놓았다. 올림피아 자그놀리의 상상력이 책에 고스란히 스며들어, 이전에는 본 적 없는 새로운 분위기와 관점을 더해준다. 단순한 형태와 반복되는 패턴을 통해 많은 것을 전달하고, 여백 많은 페이지도 인상적이다. 단순해 보이는 곡선부터 황금색 열기구까지 검정색, 흰색, 초록색, 황금색으로만 그려졌지만 오래도록 읽히는 이야기에 완벽하게 어울리는 강력하고 현대적인 시각적 효과를 만들어낸다.

케이티 올슨(프리랜서 에디터)

L. 프랭크 바움 L. Frank Baum(1856~1919)

미국의 작가. 미국 뉴욕에서 태어나 극작가, 신문기자, 외판원 등 여러 직업을 전전하다가 글을 쓰기 시작했다. 1900년에 시골 소녀의 모험담을 담은 『오즈의 마법사』를 출간했고, 2년 뒤 뮤지컬로 제작되어 큰 인기를 끌었다. 이후 열네 편의 '오즈 시리즈'를 발표했고, 사후에도 마흔 편 넘게 이어진 이 이야기는 영화와 애니메이션, 인형극 등으로 제작되어 전 세계의 수많은 사람들에게 사랑받는 명작이 되었다.

그린이 올림피아 자그놀리 Olimpia Zagnoli

이탈리아의 예술가. 이탈리아 북부의 작은 마을에서 태어나 유럽디자인학교IED를 졸업했고 줄곧 일러스트레이터로 활동하면서 〈뉴욕 타임스〉, 〈뉴요커〉, 〈마리끌레르〉, 프라다, 디올 등 저명한 미디어 및 브랜드와 협업하고 있다. 2011년 뉴욕의 아트디렉터스클럽이 수여하는 '젊은 작가상 Young Guns'을 받았으며, 2012년에는 프린트매거진이 선정하는 '올해의 뉴비주얼아티스트'로 뽑혔다. 유려한 선과 매혹적인 색으로 사물과 인물을 표현한 작품들이 전 세계의 여러 갤러리에서 전시되었으며, 2020년과 2023년에는 한국에서 전시회를 열었다.

옮긴이 윤영

서울대학교 미학과를 졸업하고 같은 대학원에서 고고미술사학과를 수료했다. 현재 번역 에이전시 엔터스코리아에서 번역가로 활동 중이다. 옮긴 책으로 'S클래식 : 찰스 디킨스' 시리즈, 『디즈니 기묘한 소원 4』, 『온 세상이 너를 사랑해!』, '바이 스파이 1' 시리즈, 『축구 양말을 신은 의자』, 『사랑해, 나는 길들여지지 않아』, 『누가 뭐래도 해피엔딩』, 『이상한 나라의 앨리스』 등이 있다.

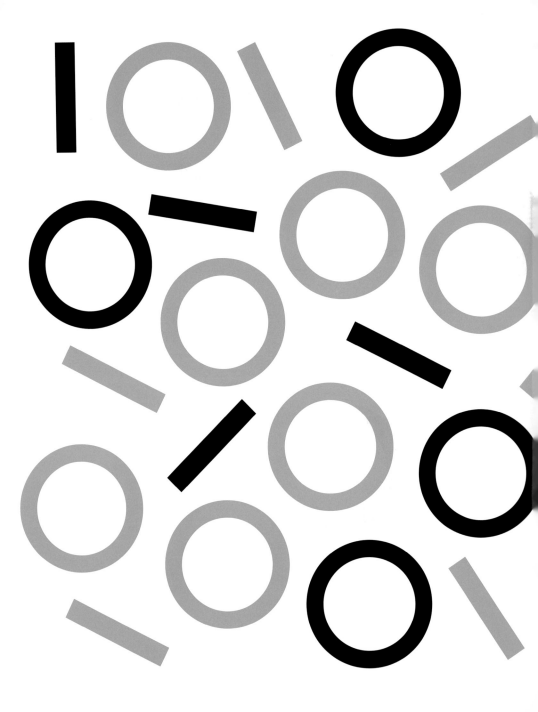

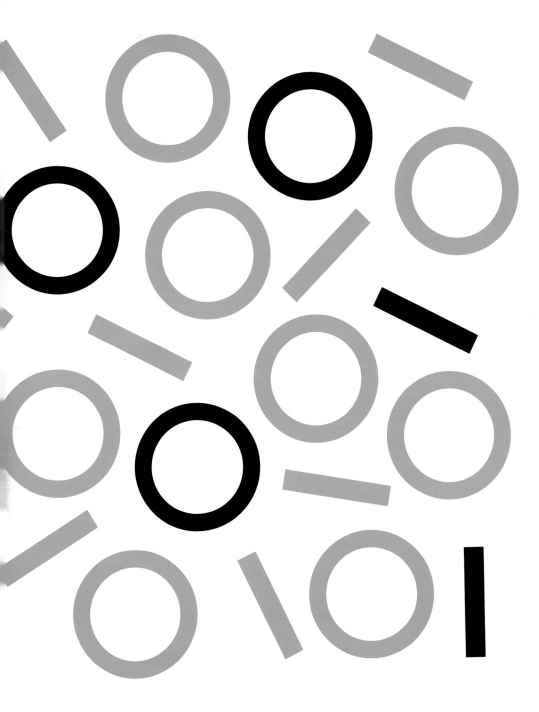

Classics Reimagined, The Wonderful Wizard of OZ
by L. Frank Baum, Illustrated by Olimpia Zagnoli

Copyright ⓒ 2014 Quarto Publishing Group USA Inc.
Illustrations by Olimpia Zagnoli ⓒ 2014 Quarto Publishing Group USA Inc.
First published in 2014 by Rockport Publishers, An imprint of the Quarto Group.
All rights reserved.
This Korean edition was first published by SOSO Ltd., Seoul in 2024 by arrangement with
Quarto Publishing Group USA Inc. through Hobak Agency.

이 책은 호박 에이전시(Hobak Agency)를 통한 저작권자와의 독점 계약으로
(주)소소 소소의책에서 출간되었습니다.
저작권법에 의해 한국 내에서 보호를 받는 저작물이므로
무단전재와 복제를 금합니다.

클래식 리이매진드
오즈의 마법사

초판 1쇄 인쇄 | 2024년 1월 10일
초판 1쇄 발행 | 2024년 1월 22일

지은이 | L. 프랭크 바움
그린이 | 올림피아 자그놀리
옮긴이 | 윤영
펴낸이 | 박남숙

펴낸곳 | 소소의책
출판등록 | 2017년 5월 10일 제2017-000117호
주소 | 03961 서울특별시 마포구 방울내로9길 24 301호(망원동)
전화 | 02-324-7488
팩스 | 02-324-7489
이메일 | sosopub@sosokorea.com

ISBN 979-11-7165-006-4 04840
     979-11-88941-99-5 (세트)
책값은 뒤표지에 있습니다.

• 이 책 내용의 일부 또는 전부를 재사용하려면 반드시 (주)소소의 동의를 얻어야 합니다.
• 잘못 만들어진 책은 구입하신 서점에서 교환해드립니다.

클래식 리이매진드 시리즈는 세계적인 예술가가 삽화를 그린, 원문 그대로의 고전소설로 컬렉터용
에디션이다. 저명한 작가들의 가장 사랑받고, 널리 읽히며, 열렬히 수집되는 문학 작품에 각각의 예술
가가 자신만의 독특한 시각적 해석을 담았다.